見えるもの
見えないもの

翔の四季　春

斉藤洋　作
いとうあつき　絵

六年生になって、教室はかわったけれど、クラスがえはなく、担任《たんにん》もかわらなかった。

あいかわらず、ぼくと嶋崎涼《しまざきりょう》と鞍森杏《くらもりあん》と真田知里《さなだちさと》は同じクラスだ。

それぞれ、委員会《いいんかい》とかの用事《ようじ》がなければ、ぼくたち四人はいっしょに帰る。新学期《しんがっき》がはじまった翌日《よくじつ》、鞍森杏と真田知里は委員会があって、ぼくは涼とふたりで帰ることになった。

よく、学校の怪談《かいだん》で、放課後主人公《ほうかごしゅじんこう》がひとりで、忘《わす》れ物《もの》を教室に取《と》りにもどると、何か異変《いへん》が起《お》こるというものがある。

そのときぼくは、筆箱《ふでばこ》を机《つくえ》の中に忘れてきたことを玄関《げんかん》のげた箱の前で、靴《くつ》をはきかえているときに思い出したのだ。

「あ。筆箱、机ん中においてきた。」

ぼくがそういうと、もうスニーカーにはきかえていた涼が、

「げた箱の前で筆箱を思い出すなんて、しゃれのつもりかよ。外で待《ま》っててやるから、取ってこいよ。」

といって、先に校庭《こうてい》に出た。

教室は三階《がい》にある。

一階《かい》から二階への階段《かいだん》をあがりかけたとき、クラスの女子ふたりとすれちがった。階段をあがり、三階の廊下《ろうか》に立ったとき、男子が三人、教室から出てくるのが見えた。


そちらのほうに歩いていくと、そのうちのひとりが、

「並木《なみき》。忘《わす》れ物《もの》かよ。もう教室にはだれも……。」

とそこまでいい、その瞬間《しゅんかん》、その声が唐突《とうとつ》に消《き》えた。

一瞬《いっしゅん》、世界《せかい》から音がなくなる。そして、女子の声がきこえはじめる。さっきすれちがったふたりの女子のうちのひとりの声だ。

「ほんとだよ。中に入ってたら、外からドアがノックされて、『わたし、花子《はなこ》。ここはわたしのトイレよ。』って。」

つづいて、もうひとりの声。

「それ、だれかのいたずらだよ。ドア、ガンッて開《あ》けて、ふざけんなよっていってやりゃあよかったじゃんか。」

「そう思ったよ。だけど、そんなにすぐにドアなんて開《あ》けられないよ。一回、立たなくちゃだしさ。」

「そりゃ、そうかも。それで？」

「できるだけ早くトイレをすませて、外に出た。でも、だれもいなかったんだ。それでさ、すぐに廊下《ろうか》に出たら、教室のほうに歩いていく知里のうしろ姿《すがた》が見えたんだ。」

「廊下にいたのは、知里だけ？」

「まさか。昼休みだったんだよ。そんなはずないじゃん。ほかにもいたよ。」

「じゃあ、いたずらしたの、知里かどうか、わからないよね。」

「でもさ。声が知里に似《に》ていたような気がするんだ。ほんと、ムカつくんだけど、あの子。くだらないいたずらしてさ。」

「わたしは、知里がそんなことをするとは思えないけどな。もし、知里だったとしても、ほっときなよ。あいつ、涼と仲《なか》がいいじゃない。何かして、涼にいいつけられたら、めんどうだよ。」

「そうだよね。あいつ、涼と仲がいいだけでも、こっちはムカつくんだけど。」

「ま、そういうことだよ。涼と仲《なか》がいいから、ムカつくんだろ。」

そこで、ふたりの女子の声がとだえた。そして、さっきぼくに声をかけてきたクラスメイトの声がもどってくる。

「並木。どうしたんだ。立ったまま、ぼうっとしちゃって。だれもいない教室にいくのがこわいなら、いっしょにいってやるぞ。」

ほかのふたりが笑《わら》った。

近くにいるのは、三人の男子だけだ。女子はいない。

「なんでもないよ。」

ぼくはそういって、教室にもどり、机《つくえ》から筆箱《ふでばこ》を出して、買ってもらったばかりのリュックに入れた。

六年生になってから、ぼくはランドセルをやめ、リュックで通学しはじめたのだ。

玄関《げんかん》から校庭《こうてい》に出ると、さっきの三人のうしろ姿《すがた》が見えた。五年生がサッカーをしている。

花壇《かだん》の前で涼が待《ま》っていた。

ぼくの顔を見て、涼がいった。

「どうしたんだ、そんな顔をして。なんかあったのか?」

ぼくが、

「今、廊下《ろうか》で……。」

といいかけると、涼は自分の右の耳たぶを引っぱって、

「これか?」

と小声でいった。

ぼくは小さくうなずいた。

もくじ

1

正気の沙汰《さた》

ぼくは、まわりの声や音が、そのときにはきこえず、あとになってきこえることがある。それは、いつ起《お》こるかわからないし、自分の意思《いし》でそうすることはできない。

それが起こると、周囲《しゅうい》は一瞬《いっしゅん》、無音《むおん》の世界《せかい》になり、数秒《すうびょう》とか、数分前にそこで起こったことの音や、話された声がきこえる。かんたんにいうと、過去《かこ》の音や声がきこえるのだ。それがきこえているあいだ、本来きこえるはずの現在《げんざい》の音はきこえない。だれかの話し声がきこえたときにはもう、話していた人はそこにいないということが起こるのだ。

この視覚《しかく》と聴覚《ちょうかく》の時間差《じかんさ》は、たいてい数秒とか、せいぜい何十秒くらいだ。女子ふたりが廊下《ろうか》でしゃべっていたとき、ぼくは涼《りょう》とげた箱《ばこ》のそばにいたのだろう。

涼とはいちばん仲《なか》がいい。それは、クラスメイトの中でいちばんということではない。ほかのだれよりも仲がいいという意味《いみ》だ。

ぼくと涼は、おたがいの秘密《ひみつ》を共有《きょうゆう》している。ぼくの視覚《しかく》と聴覚《ちょうかく》の時間差《じかんさ》のことを知っているのは涼だけだ。両親《りょうしん》にもいってない。それから、たぶん、ぼくしか知らないと思うけれど、涼には霊《れい》が見える。見えかたはそのときによってちがうらしい。まるで生きている人みたいにはっきり見えるときもあれば、ぼんやりとしか見えないこともあるようだ。

一度《いちど》だけ、ぼくにも霊が見えたことがある。それは、涼といっしょにいるときだった。それきり、ぼくは見たことはない。

トイレでのいたずらを疑《うたが》われたのは、いつもいっしょに帰る真田知里《さなだちさと》だ。クラスで、チサトという名の子は、真田知里しかいない。真田知里は涼のうちの近所《きんじょ》に住《す》んでる。

ぼくと涼は校門を出るまで、だまって歩いた。

校門を出て右にいき、最初《さいしょ》のかどを右にまがる。

前のほうを下級生《かきゅうせい》のグループがふざけながら歩いていく。声がきこえる距離《きょり》ではない。一度《いちど》ふりむいて、うしろにだれもいないことをたしかめてから、ぼくは涼に、三階《がい》できこえたふたりの女子の声のことを話した。

時間差《じかんさ》で音がきこえるようになって、しばらくしてから涼にいわれて気づいたのだが、ぼくはそのときにきいた言葉《ことば》をそのまま再現《さいげん》できる。

話をききおわると、涼はいった。

「それ、だれだった?」

前に、涼が知里とつきあっているのではないかと、ぼくにききにきた女子がふたりいる。ぼくはそのふたりの名をいった。ふたりは、どちらかというと、背《せ》が高く、ひとりは髪《かみ》がショートカットで、もうひとりの髪は肩《かた》にかかるくらいの長さだ。トイレに入っていたのは髪が肩にかかるほうだ。すると、涼は、

「ふうん。」

といったきり、だまってしまった。

その〈ふうん。〉は、まるで興味《きょうみ》がないときの〈ふうん。〉ではなく、これからちょっと考えてみるというふうな〈ふうん。〉だったので、ぼくもだまって歩いた。

うちのマンションの前は一方通行の細い道だけど、コミュニティーバスがとおっている。その道までできたとき、涼が口を開《ひら》いた。

「おまえも知っているとおり、おれはアユが好《す》きだ。そのふたりのどちらにも興味は千パーセントない。知里とは幼稚園《ようちえん》からずっといっしょで、近所《きんじょ》に住《す》んでいるし、仲《なか》もいいけど、そういうんじゃない。でも、おれと知里のことをかんぐって、あのふたりが何か意地《いじ》の悪《わる》いことをしたら、こまるな。」

アユというのは、三学期《がっき》まで四年生の担任《たんにん》だった鮎川《あゆかわ》先生だ。若《わか》い女の先生で、今は三年生の担任だ。涼は、本気で、将来《しょうらい》アユと結婚《けっこん》しようと思っている。いや、〈しようと思っている〉なんていうなまやさしいものではなく、〈するつもり〉なのだ。まるで正気の沙汰《さた》ではない。

ぼくがいっている進学教室《しんがくきょうしつ》の春期講習《しゅんきこうしゅう》の国語のテストで、〈正気の沙汰ではない〉という言葉《ことば》の意味《いみ》が出た。〈まともな判断《はんだん》とは思えない〉というのが正解《せいかい》なのだが、選択肢の中に、〈裁判のまちがった判決〉というのがあり、ぼくはそれだと思ってしまった。

ちょっといいわけをさせてもらうと、うちは両親《りょうしん》とも時代劇《じだいげき》のドラマが好《す》きで、昔《むかし》のテレビ番組のＤＶＤ《ディーブイディー》を見たりする。そういうドラマの中で、町奉行《まちぶぎょう》が、

「追《お》って沙汰《さた》する。」

というせりふをいうシーンがあった。そのとき、ぼくはその言葉《ことば》の意味《いみ》がわからず、母さんにきいたら、

「なんていうか、まあ、あとで判決をいいわたすっていう感《かん》じかしらね。」

といったのだ。だから、ぼくは、〈正気の沙汰ではない〉を〈まちがった判決〉という意味だと思ってしまったのだ。

まだ小学生なのに、十歳以上《さいいじょう》年上の女の人と、将来結婚《しょうらいけっこん》することにきめていること以外では、涼には〈正気の沙汰ではない〉ところはまったくない。

だから、

「おれと知里のことをかんぐって、あのふたりが何か意地《いじ》の悪《わる》いことをしたら、こま

るな。」

といったあと、

「そうなる前に、あいつらに、『おまえら、何、考えてるんだ。知里に指一本《ゆびいっぽん》でもふれてみやがれ。この涼さまが、ただじゃおかねぇから、そう思え！』って、ビビらせておいたほうがいいな。」

などとはいわず、

「あのふたりが知里のことをきらっているのは、うすうす感《かん》じていたけど、はっきりわかってよかった。だけど、まあ、たいしたことにはならないだろう。ほうっておこう。意地悪《いじわる》をしても、無視《むし》する程度《ていど》だろうし、あのふたりが知里を無視したからって、クラスのほかの女子たちが同調《どうちょう》することはないだろう。」

といった。

ぼくも、今のところはほうっておくのがいいと思った。

ぼくの父さん、いや、父さんは自分のことを〈父さん〉といわれるのをいやがり、パパと呼《よ》ぶようにいっているから、このさい、パパというけど、ぼくのパパはよく、

「翔《しょう》。女の子とは問題《もんだい》を起《お》こすな。どうでもいい子に好《す》かれる必要《ひつよう》は百二十パーないが、きらわれるのは二百パーやばいからな。」

という。

ぼくと涼は、それきりその話はせず、今年のプロ野球《やきゅう》はどこが優勝《ゆうしょう》するかなんていうことを話題《わだい》にして、うちのマンションの前でわかれた。

2　かべのトカゲ

涼《りょう》は、鞍森杏《くらもりあん》や真田知里《さなだちさと》といっしょに帰るときはもちろん、ぼくとふたりだけのときも、ぼくが時間差《じかんさ》できいたふたりの女子の話を話題《わだい》にすることはなかった。

数日後の朝、学校にいくためにぼくがマンションを出ると、となりのマンションのエントランスの前に涼が立っていた。エントランスの上のかべを見あげている。

ぼくがそれに気づき、

「どうしたんだ、そんなところで?」

と声をかけると、涼はぼくを見て、

「おはよう。翔《しょう》。」

というと、またかべを見あげた。

学校にいくには、道を左にいく。方角的《ほうがくてき》には西だ。涼がかべを見あげていたマンションは庭《にわ》みたいなスペースをはさんで、うちの東側《ひがしがわ》にある。その三階《がい》には、鞍森杏のうちがある。

ぼくは涼のとなりに立ち、涼が見ているあたりに目をやって、きいた。

「何、見てるんだよ。」

涼はかべを見あげたまま答えた。

「トカゲがいたんだ。」

「トカゲ？」

「ああ。」

「このへん、ヤモリがけっこういるんだ。うちのマンションの通路《つうろ》のかべとかにも、よくへばりついている。」

ぼくがそういうと、涼はぼくの顔をちらりと見てから、学校のほうにむかって歩きだした。

ぼくたちは、帰りはいっしょに帰ることが多いけれど、登校時《とうこうじ》はたいていべつだ。

ぼくは毎朝、ほぼ同じ時刻《じこく》にうちを出るが、涼はちがう。ぼくより早く学校についていることもあれば、遅刻《ちこく》ぎりぎりにくることもある。

「おまえ。早く学校にいってるときって、何やってるんだ。」

なんとなくぼくがたずねると、涼はまじめな顔で答えた。

「机《つくえ》に正座《せいざ》して、瞑想《めいそう》してる。」

「瞑想？　瞑想って？」

「目をつぶって、宇宙《うちゅう》と対話《たいわ》するんだ。」

「ほんとかよ。」

「うそだ。霊《れい》がそのへんにひそんでいないか、見まわりをしてるんだ。」

「それもうそだろ。」

「あたり！　べつに早く学校につくために、早くうちを出てるんじゃないんだ。なんとなく早く出ると、早くつくだけのことさ。」

涼はそういったけれど、それもうそのような気がする。

でも、ぼくはそれについてはそれ以上詮索《いじょうせんさく》せず、話をヤモリにもどした。

「ほら、カメレオンっているじゃん。まわりの色と同じ色になっちゃうやつ。ヤモリもさ、ずっとコンクリートにへばりついて生きていると、体が灰色《はいいろ》っぽくなって、地面《じめん》にいると、茶色っぽくなるらしいよ。」

「ほんとか?」

「ほんとかどうかわからないけど、うちの母親がいってた。子どものとき、飼《か》ってたことがあるんだって。」

「そうか……。」

とつぶやいてから、涼がいった。

「でも、杏のマンションの外壁《がいへき》って、タイルばりみたいになっているけど、細かいドットもようじゃないよね。」

「ちがうけど。そのヤモリって、細かいドットもようだったのか?」

「ああ。最初《さいしょ》はかべじゃなくて、エントランスのそばの植《う》えこみから出てきたんだけど、体にドットもようがあった。」

ぼくはおもわず立ちどまって、いった。

「それじゃ、それ、ヤモリじゃないんじゃないか。」

涼も立ちどまった。

「おれもそう思う。長さも、しっぽを入れると、三十センチ近くあった。ピンク地に黒のドットもようがあって、なかなかおしゃれなやつだった。」

ぼくは驚《おどろ》いて、つい声が大きくなった。

「三十センチで、ピンクに黒？」

「うん。」

と答えて、涼が歩きだす。

ぼくも歩きはじめて、いった。

「やっぱ、それ、ヤモリじゃない。」

「だから、おれもそう思うっていってるだろ。なんだろうな。」

ぼくは心配《しんぱい》になって、いった。

「もしかして、毒《どく》、持《も》ってるんじゃないか。」

なにしろそこは杏のマンションのかべだし、うちのマンションのとなりなのだ。

「持ってないとは、断言《だんげん》できない。」

涼はときどき、そういうふうに、おとなびた言葉づかいをする。

ぼくはいった。

「毒《どく》を持《も》っているトカゲだったら、警察《けいさつ》に連絡《れんらく》したほうがいいかな。」

「そうかもな。警察か保健所《ほけんじょ》だな。だけど、電話して、なんていうんだ。『マンションのかべに、三十センチくらいの、ピンクに黒のドットのトカゲがいたんです。』って？」

涼はそういったが、ぼくも、そんなことを通報《つうほう》しても、警察とか保健所がまともにあいてにしてくれるだろうか、と思った。しかも、そのトカゲはもう姿《すがた》を消《け》しているのだ。

「警察と保健所はあとにするとしても、杏にはすぐ教えたほうがいい。」

ぼくがそういうと、涼はいった。

「杏なら、おれがあそこについたときには、もう先を歩いてた。おれたちより先に学校につく。それより、おまえ、うちに電話したほうがいいんじゃないか。おまえ、スマホ、持《も》ってるだろ。」

「そうだな。」

ぼくは、リュックからスマホを出して、うちに電話した。

ぼくが、涼からきいたことを母さんに伝《つた》え、毒《どく》を持ってるかもしれないというと、母さんは、

「ピンクに黒なんて、すてきじゃない？　なんていうトカゲか知らないけど、たぶん、どこかのペットが逃《に》げだしたのよ。だとしたら、毒なんて持ってないと思うよ。」

なんて、のんきなことをいった。

ため息《いき》をついて、電話を切ると、涼が提案《ていあん》した。

「今、スマホを使《つか》って、ネットでしらべてもいいけど、学校の図書室にいけば、爬虫《はちゅう》類《るい》の図鑑《ずかん》があるはずだ。まだ、授業《じゅぎょう》がはじまるまで時間がある。いそいでいって、しらべてみよう。通報《つうほう》はそれからでも遅《おそ》くない。」

「そうだね。」

ぼくたちは学校にいそいだ。

3　ヒョウモントカゲモドキ

ヒョウモントカゲモドキというのが、そのトカゲの種類《しゅるい》だった。

ぼくと涼《りょう》は学校につくと、すぐに図書室にいった。ぼくが図鑑《ずかん》でしらべはじめると、涼はリュックからスマホを出し、

「じゃあ、おれはやっぱ、こっちで。」

なんていって、検索《けんさく》をはじめた。そして、そのトカゲをさがしあてた。

スマホの画像《がぞう》で見ると、ヒョウモントカゲモドキには色がいろいろあり、きれいともいえるし、ぶきみともいえた。アフガニスタンとかパキスタンとか、インドに生息《せいそく》しているということもわかった。

「やっぱ、あれ、どこかのペットが逃《に》げだしたやつだな。ま、毒《どく》はないみたいだから、ひとまずは安心《あんしん》ってことで。」

涼はそういってから、スマホを見ながら、

「ヘビとか以外《いがい》の爬《は》虫類《ちゅうるい》をトカゲっていうらしいけど、だったら、ヒョウモントカゲモドキだってトカゲだろ。それなのに、モドキってへんじゃないか？」

といった。

ぼくは、涼が何をいっているのかわからなかった。

「なんで？」

「なんでって、おまえ……。」

と、スマホからぼくの顔に視線《しせん》をうつして、涼がいった。

「おまえ。ガンモドキって食ったことある？」

「おでんに入っているやつか？」

「そうだけど、あれ、なんでガンモドキっていうのか、知ってる？」

「ナルトなら知ってる。瀬戸内海《せとないかい》の鳴門《なると》のうずみたいなもようがあるからだ。だけど、ガンモドキがなんでガンモドキっていう名まえなのかは知らないなあ。」

「あれ、ガンの肉の味《あじ》に似《に》ているから、ガンモドキっていうんだ。」

「ガンって、鳥の？」

「うん。モドキっていうのは、似ているけどちがうもののことだ。」

「ガンなんて食べたことないと思うけど、ガンモドキみたいな味がするのかな？」

「おれも食ったことないから、わからない。」

と答えてから、涼は、

「とにかくあれはヤモリなんかじゃなくて、ヒョウみたいな斑点《はんてん》もようがあるから、ヒョウモントカゲモドキっていうんだな。それにしたって、モドキっていうのはつけなくてもいいような気がする。ヒョウモントカゲでいいじゃんなあ。」

と結論《けつろん》づけ、スマホをオフにした。

鞍森杏《くらもりあん》のマンションのかべにトカゲがいたことは、一時間目の授業《じゅぎょう》のあとに、涼が自分で鞍森杏に話した。

色とか形とか大きさをいって、

「たぶん、ヒョウモントカゲモドキだ。毒《どく》はないらしい。」

というと、杏はこわがるようすもなく、

「ふうん。」

といっただけだった。

学校が終《お》わると、ぼくたち四人、ぼくと涼と鞍森杏と真田知里《さなだちさと》はいっしょに学校を出たのだが、鞍森杏と真田知里が新しくできた手芸店《しゅげいてん》を見ていくというので、とちゅうでわかれた。それで、ぼくと涼がうちのマンションの近くまで歩いてくると、母さんが虫とりあみと、ふたつきの小さなプラスチックケースを手に、マンションのかべを見あげていた。ぼくが〈おばちゃん〉と呼《よ》んでいるマンションの管理人《かんりにん》さんが母さんのとなりに立って、やはりかべを見あげている。

それに先に気づいたのは涼だった。

「あれ、おまえのお母さんじゃないか。」

たしかにそうだった。朝と同じ、ピンクのワンピースを着《き》ている。

ぼくはふたりに近より、まず管理人さんに、

「こんにちは。」

と挨拶《あいさつ》をしてから、母さんにきいた。

「何してるの？」

「さっきまで、きれいなトカゲがいたのよ。たぶん、翔《しょう》が電話で知らせてくれたやつよ。」

と、母さんはかべを見あげたまま答えた。

ぼくが管理人《かんりにん》さんの顔に目をやると、管理人さんはぼくを見て、

「ここでふたりで、立ち話をしていたら、かべに大きなトカゲがいたの。つかまえる道具《どうぐ》を持《も》ってくるから、見張《みは》っててほしいとおっしゃるから、わたし、ずっと見ていたのね。それで、あみを持って、もどってこられたときまでは、たしかにいたんですけど……。」

といったが、そこでようやく、母さんはかべからぼくに視線《しせん》をうつした。

「そうなのよ。わたしがもどってきたとき、まだいたのよ。でも、もっと下におりてこないかななんて思っているうちに、消《き》えちゃったんだよね。せっかくつかまえよう

と思ったのになあ。」

涼が管理人《かんりにん》さんにたずねた。

「それって、ピンクに黒いもようのあるやつでした?」

「そう。」

管理人さんがうなずくと、涼はもう一度《いちど》、管理人さんにきいた。

「見ているうちに消《き》えたんですか?」

「そうなんだけど、消えたんじゃなくて、さっと動《うご》いて、どこかにいっちゃったのよね、きっと。消えるわけ、ないものねえ。」

「そうですよね。」

そういって、涼は小さくうなずいた。

ふうっと母さんがため息《いき》をついて、いった。

「きょうのところはあきらめようか。でも、残念《ざんねん》だなあ。きれいなトカゲだったんだから。たぶん、どこかで飼《か》われてたやつよ。ってことは、飼えるってことよね。」

「母さん。つかまえて、飼おうと思ったの?」

ぼくがそういうと、母さんは、あたりまえだといわんばかりにうなずいた。

「そうよ。」

「だって、どこかのペットなら、飼《か》い主《ぬし》がさがしてるかもじゃない？」

「だいじょうぶ。そのへんの電柱《でんちゅう》に、トカゲの写真《しゃしん》をはりつけて、〈このトカゲをあずかってます。〉って書いて、電話番号《でんわばんごう》を書いておけばいいのよ。そうすれば、それを見た飼い主が電話してくるでしょ。そうしたら、返《かえ》せばいいだけよ。はりがみをしておけば、盗《ぬす》んだんじゃなくて、保護《ほご》してたってことになるでしょ。」

母さんがそういうと、管理人《かんりにん》さんは、

「でも、はりがみを見ても、取《と》りにこないと思いますよ。」

といった。

母さんはうなずいた。

「わたしもそう思うんですよね。」

「どうして？」

ぼくが管理人さんの顔を見ると、母さんが答えた。

「インコとかだったら、部屋《へや》でかごから出したとき、ぱっと飛《と》んで、開《あ》いている窓《まど》から逃《に》げるってことがあるかもだけど、トカゲを部屋ではなしても、窓から飛んで逃げたりしないでしょ？　たぶん、飼《か》い主《ぬし》があきちゃって、捨《す》てたのよ。」

管理人《かんりにん》さんがうなずいた。

ヒョウモントカゲモドキについて、どちらかというとぼくは、きれいと思う派《は》ではなく、ぶきみと感《かん》じる派だった。かりに、ピンク地に黒のドットというのがかわいい図柄《ずがら》だとしても、それがトカゲのもようとなると、そうもいっていられないのではないだろうか。

ぼくは管理人さんにきいた。それは、疑問《ぎもん》だったからではなく、母さんにきかせるためだった。

「だけど、このマンション、ペットは飼えないんですよね。」

「まあ、犬や猫《ねこ》は飼えないことになっているんだけど、こっそり飼っているかたもいらっしゃるし、苦情《くじょう》が出ないかぎり、こっちも見て見ぬふりなのよ。それに、規約《きやく》で禁止《きんし》されているのは、ケージで飼えない動物《どうぶつ》だけで、ケージに入れて飼うんだったら、ウサギくらいまでなら、だいじょうぶなの。」

管理人《かんりにん》さんはそういったけれど、ぼくとしては、ぜんぜんだいじょうぶじゃない。いや、ウサギのことではない。ヒョウモントカゲモドキのことだ。もし、つかまえたら、母さんは飼《か》う気なのだ。なにしろ、母さんは子どものとき、ヤモリを飼っていたくらいなのだ。自分が大きくなったぶん、トカゲも大きいやつを飼うなんていう理屈《りくつ》を持《も》ちだすにちがいない。母さんが飼うといいだせば、パパは反対《はんたい》しない。

「雪《ゆき》ちゃんが飼いたいなら、コモドオオトカゲだって、賛成《さんせい》だよ。」

なんていうにきまっている。たとえ、こっそりぼくには、

「こまったな。しかし、ここはコモドオオトカゲでなくてよかったと思うしかない。まあ、しょうがないから、おまえもめんどうを見てやってくれよ。悪《わる》いな。ほかでうめあわせはするからさ。」

と、あとでいうにしても。

「また、見にきてみます。」

母さんは管理人さんにそういって、なごりおしそうにマンションに入っていった。

「そうですね。わたしも気をつけてみます。」

と管理人《かんりにん》さんも、マンションに入ってしまった。

「気なんか、つけなくてもいいですから。」

ぼくはそういいたかった。

ふたりきりになると、涼はぼくにいった。

「おまえのお母さん、トカゲのこと、消《き》えちゃったっていったよな。朝、おれが見つけたときもそうだったんだ。目をはなしたわけじゃない。ずっと見ていた。そしたら、突然《とつぜん》、消えたんだ。」

4　トラブル

朝、涼《りょう》ははっきりとは、トカゲを見失《みうしな》ったとはいわなかった。けれどもそのときに気づくべきだった。ぼくの母さんも、管理人《かんりにん》のおばちゃんも見失い、しかも、今度《こんど》は涼ははっきりと、

「目をはなしたわけじゃない。ずっと見ていた。そしたら、突然《とつぜん》、消《き》えたんだ。」

といった。

涼は霊《れい》だって見えてしまうのだ。だからというわけではないけれど、すごく注意力《ちゅういりょく》があるし、注視《ちゅうし》しているものを見失うようなタイプではない。

そのヒョウモントカゲモドキは、たぶん、ほんとうに消えたのだろう。

動物《どうぶつ》は消《き》えることがある。というか、消える動物もいる。動画《どうが》でしか見たことはないが、鞍森杏《くらもりあん》が飼《か》っているシンという名の黒いハムスターは滑車《かっしゃ》の中で走っているうちに消えるのだ。

一時間目が終《お》わったとき、涼は鞍森杏に、鞍森杏のマンションのかべにいたトカゲのことを話していたが、そのとき涼は、トカゲが消えたといっただろうか？　見ているうちにいなくなったといったような気がする。

話をきいて、鞍森杏は、

「ふうん。」

といっただけだったが、すぐにシンのことを思いうかべたはずだ。

鞍森杏のお母さんのお母さん、つまりおばあさんは青森県《あおもりけん》の弘前《ひろさき》で祈禱師《きとうし》をやっていて、鞍森杏のお母さんとは仲《なか》が悪《わる》いらしい。鞍森杏のお母さんはシンのことを、自分のうちのことをおばあさんに知らせるスパイだと思っているようなのだ。

シンは滑車の中で走っているうちに消える。もどってくるときは、まず、滑車がまわりだし、そのあと、走っているシンが滑車の中にあらわれるという。しかも、シンはそのたびに、宝石《ほうせき》のようなものを持《も》ってくるのだが、次《つぎ》にシンが消《き》えると、そういう宝石もなくなるらしい。

ぼくが鞍森杏のスマホの動画《どうが》で見たのは、走っているシンが滑車《かっしゃ》から消えるシーンだけで、それだってフェイク動画かもしれないし、ほかのことは鞍森杏の作り話だという可能性《かのうせい》もゼロではない。けれども、フェイク動画を作ってぼくに見せたり、家族《かぞく》のことでぼくに作り話をする理由《りゆう》なんてないだろう。

消えるハムスターのいるマンションのかべに、トカゲがあらわれて消えたとすれば、ハムスターとトカゲはかかわりがある。そう思っていいのではないだろうか。

鞍森杏もそう気づいたにちがいない。

シンがおばあさんの式神《しきがみ》とか、使《つか》い魔《ま》だとすれば、ピンク地に黒のドットのヒョウモントカゲモドキもそうなのではないだろうか。

ぼくが、この一年近くのあいだで経験《けいけん》したことを知らない人がきいたら、

「何いってんだ、おまえ。」

といって、あいてにしないだろう。

でも、ぼくはもう、世界《せかい》が今見えているとおり、きこえているとおりではないのだということを知っている。

ピンク地に黒のドットのヒョウモントカゲモドキは、鞍森杏のおばあさんの手先だとしても、それは鞍森杏だってもうわかっているだろうから、こっちから鞍森杏に、その話をすることはない。ヒョウモントカゲモドキのことで、鞍森杏がこまれば、きっとぼくに相談《そうだん》してくるにちがいない。それを待《ま》ったほうがいいとぼくは思った。

ヒョウモントカゲモドキが鞍森杏のおばあさんの手先だとすれば、ぼくの母さんにつかまるようなドジはふまないだろう。万一つかまって、ケージに入れられても、うまく逃《に》げるだろう。それなら、ぶきみなトカゲを飼《か》わなくてもよくなり、パパもぼくもこまらない。

翌日《よくじつ》も、母さんはあみとプラスチックケースを持《も》って、ときどきマンションの玄関《げんかん》あたりで、ピンク地に黒いドットのトカゲをさがしていたが、けっきょく見つからなかった。

ぼくとしては、それでそのトカゲがいなくなったとは思わなかった。きっとどこかにひそんでいるのだ。ひょっとしてすでに、杏のうちに入りこんでいるのかもしれない。いや、そちらのほうが可能性《かのうせい》が高い。

わからないのは、シンが杏のおばあさんの派遣《はけん》したスパイ役《やく》の使《つか》い魔《ま》だとしたら、どうしてもう一匹《ぴき》、手先を使う必要《ひつよう》があるのか、ということだ。

そうはいっても、学校で会っても、いっしょに帰るときも、鞍森杏にかわったようすは見られなかった。それで、この件《けん》はとりあえずだいじょうぶかなと思いはじめたころ、べつのことで問題《もんだい》が起《お》こった。

それは火曜日の昼休みの終《お》わりころだった。

図書室から借《か》りていた本があり、ぜんぶ読んだわけではなかったけれど、それがもう必要なさそうなので、じつはそれは、『ペットの飼《か》い方《かた》・ヒョウモントカゲモドキ』という本だったけれど、それを図書室に返《かえ》してもどってくると、教室のうしろのほうのドア近くで、涼がこちらをむいて、立っていた。

涼のこちら側《がわ》にはふたりの女子が立っていて、ふたりは背中《せなか》しか見えなかったけれど、それがだれだかはわかった。ひとりはショートカット、もうひとりは肩《かた》に髪《かみ》のかかる、あのふたり組だ。

三人の立《た》ち位置《いち》から、ぼくは何かトラブルがあったと直感《ちょっかん》した。

それで、ぼくが足を速《はや》めたとき、涼は、めずらしく大きな声で、

「ざけんなよ！　どういうつもりなんだ！」

といった。

ショートカットがすぐにいいかえした。

「どういうつもりだろうが、嶋崎《しまざき》には関係《かんけい》ないだろ！」

「関係ない？　そんなことがどうしておまえにわかるんだ。」

「嶋崎が知里《ちさと》とつきあってるっていうなら、関係あるかもしれないけど、そうじゃねえなら、女子どうしのことに口出ししてくんなよ。」

「『そうじゃねえなら、女子どうしのことに口出ししてくんなよ。』？　それが、女の使《つか》う言葉《ことば》か！」

「言葉に男も女もあるかよ。そういうのジェンダーっていうの、知らねえの？」

ショートカットがそういったとき、ぼくはふたりのあいだに、わりこんだ。

「ふたりともやめろよ。五年生が見てる。」

じっさいには、五年生だけではなく、ほかの学年の下級生《かきゅうせい》や、となりのクラスとそれからぼくのクラスの子たちも廊下《ろうか》に出てきて、こっちを見ている。

「なんでもないから、教室にもどれよ。」

ぼくは、集《あつ》まってきた子たちにそういったが、なんでもないとは、ぼく自身《じしん》思えなかった。

そのときになって、ようやくぼくは涼のななめうしろに、真田《さなだ》知里がいることに気づいた。

どうやら、真田知里がトラブルにからんでいるらしいから、ぼくは、真田知里の手を引いて、教室に入ろうとした。

すると、涼がふうっと大きくため息《いき》をついた。それから、今までよりもずっとおだやかな声で、まず、

「たしかに、言葉《ことば》づかいのことで、きみを非難《ひなん》したことは悪《わる》かった。謝罪《しゃざい》する。ごめんなさい。」

といった。

涼がそう出てくるとは思わなかったのだろう。

ショートカットが意外《いがい》そうな顔をした。

それから、涼は、

「知里とつきあってるなら、関係《かんけい》あるかもしれないけど、そうじゃないなら、女子どうしのことに口出しするなって、そういったよね。」

と前置《まえお》きをして、ショートカットの目をじっと見た。

ぼくは真田知里の手を持《も》ったまま、涼の横顔《よこがお》をのぞきこんだ。

涼の言葉《ことば》づかいはまるで、理科の実験《じっけん》の結果《けっか》をたしかめているようないいかただった。

「いったけど……。」

ショートカットもいくらか声を落《お》とした。

「いったけど、それが？」

「うん。じゃあ、いうけど、おれ、知里とつきあってる。」

涼はそういうと、真田知里に目をやった。

「うん。」

と真田知里がうなずいた。

「えーっ！」

と思わず声をあげたのは、ショートカットではない。ぼくだ。

ぼくは真田知里から手をはなした。

話はちょっと横道《よこみち》にそれるけど、パパがぼくに、好《す》きな子がいるのかときいてきたことがあって、そのときぼくは、いないと答えた。すると、パパは、

「そうか。じゃあ、これからだれかを好きになるかもしれないから、いっておくけどな。ヒトのカノジョに手を出すな。一生、うらまれるからな。」

といった。

真田知里の手を引いて、教室に入ろうとしたことが、ヒトのカノジョに手を出したことになるとは思えないけれど……。

そんなことより、意外中《いがいちゅう》の意外とはこのことだ。

涼はアユのことが好《す》きで、ぼくにはちょっと考えられないけれど、おとなになったら、アユと結婚《けっこん》する気でいるのだ。このあいだ、知里とは仲《なか》がいいけど、そういうんじゃないし、自分と知里のことをかんぐられて、知里が意地悪《いじわる》をされたらこまる、とか、そんなことをいっていたばかりではないか。

ひるんだのは、ぼくだけじゃない。ショートカットもだ。ショートカットは、文字どおり、口をぽかんと開《あ》けた。

涼がショートカットにいった。

「な。だからもう、知里にはかまわないでやってくれよ。たのむよ。」

「たのむよって……。」

ショートカットの口からつぶやきがもれたとき、髪《かみ》が肩《かた》まであるほうがショートカットにいった。

「もういいよ。いこっ。」

ショートカットは、うなずくと、まわりに集《あつ》まっていた子たちに、

「どきなよ。どけっていってるんだよ。」

といいながら、髪《かみ》が肩《かた》まであるほうを教室ではなく、階段《かいだん》のほうにつれていった。

「どうしたの？」

うしろから突然《とつぜん》声をかけられ、ぼくはふりむいた。

いつきたのか、鞍森杏が立っていた。

廊下《ろうか》を歩いていくふたりにちらりと目をやってから、涼が鞍森杏にいった。

「さっきここをとおったら、あのふたりが知里に、トイレの花子《はなこ》さんのふりをして、いたずらをしただろっていいがかりをつけていたから、そんなこと、知里がするわけないだろって、それで、いいあらそいになったんだ。だいいち、ジーンズをはいている花子さんなんているか？　花子さんは赤いつりスカートをはいているんだ。そんなの常識《じょうしき》だろ。小さい子むけの本にだって、そんなこと絵入りでのっている。」

涼はそういってから、まわりを見まわした。

集《あつ》まっていた子たちが、小さくうなずくのがわかった。

ぼくは気づいた。

涼は鞍森杏にそういったというよりは、そこにいた子たちにいったのだ。

そのときになって、ぼくはもうひとつ気づいた。

涼が真田知里とつきあっているなんていうのは、うそなのだ。

そういっておいて、あのふたりに、知里にはかまわないでやってくれなんてたのむなんて、涼のほかに、そんなことができる小学生がいるだろうか。

涼、おそるべし……！

いいたいことをいってから、いいすぎをひとまずあやまり、そのあとで、下手に出て、あいてにたのむ。しかも、あいてのやったことが悪《わる》いということをまわりにアピールする……。

しかも、しかも、女の子とつきあっていることをみんなの前で告白《こくはく》したみたいになって、見ていたほかの女子たちは、涼のことをかっこいいと思ってしまう。そのぶん、あのふたりの悪役度《あくやくど》が増《ま》す。

「あいつら、嶋崎のことが好《す》きなんじゃないの。だからって、嶋崎がつきあってる子をいじめるなんて、最低《さいてい》。」

なんていう子もいるかもしれない。かもしれないではない。かならずいる。

しかも、ぼくとしては、ここが肝心《かんじん》なのだと思うけど、髪《かみ》が肩《かた》にかかるほうがトイレで〈花子さん〉に声をかけられたとき、〈花子さん〉の姿《すがた》は見ていない。だけど、涼のいいかたでは、〈花子さん〉を見て、つまり、赤いスカートをはいているわけではない知里を見て、〈花子さん〉呼《よ》ばわりしたようにきこえる。自分たちより背《せ》の小さい知里を、無知《むち》なふたりがいじめたという印象《いんしょう》が残《のこ》る。

だれがどう見ても〈花子さん〉ではない女の子に、

「おまえ、花子さんなんだろ！」

といいがかりをつけたようにきこえる。

しかも、ふたりがそういったとは、涼はぜんぜんいってないのに！

勝負《しょうぶ》は涼の完全勝利《かんぜんしょうり》で終《お》わった、といっていいだろう。

涼が言葉《ことば》づかいのことで、一度《いちど》あやまったのは、ひょっとすると、あとで職員室《しょくいんしつ》に呼ばれたときのことを考えたからではないだろうか。

〈そのことについては、もうあやまった。〉ということは、先生たちの好感《こうかん》を得《え》る作《さく》戦《せん》だったかもしれない。

謝罪《しゃざい》と反省《はんせい》は得点《とくてん》が高い。

それから、前にパパがこういっていた。

「会社の女子社員《じょししゃいん》たちの言葉《ことば》づかいが乱暴《らんぼう》なことについては、だれももんくをいわない。いわないほうが無難《ぶなん》だからだ。だけど、内心じゃあ、女は女らしい言葉をつかえって思っている男の社員もけっこういる。」

だとすれば、学校の先生だってそうかもしれない。

それはともかく、問題《もんだい》は、涼が真田知里とつきあっているっていったことを真田知里がどう思うかで、涼がそういう気持《きも》ちでいるって誤解《ごかい》したら、真田知里がかわいそうだ。

ぼくはそう思った。

そのとき、まわりで笑《わら》い声《ごえ》が起《お》こった。

笑っている子たちが見ているほうに目をやると、階段《かいだん》の近くであのふたりの女子がころんでいた。

5　知里《ちさと》とふたりで

放課後《ほうかご》、涼《りょう》は担任《たんにん》の浅井《あさい》先生に呼《よ》ばれ、職員室《しょくいんしつ》にいった。

ふたりの女子とのトラブルが先生の耳に入ったのだろう。そんなことは、涼にとっては予想《よそう》していたことだ。

「ほんとなら五分ですむような話なんだけど、浅井先生だって、『おまえの気持《きも》ちはわかるが、これからは気をつけような。』で終《お》わらせるわけにもいかないだろう。まあ、三十分は見ておいたほうがいい。おまえが待《ま》ってると思うと、気がせくから、先に帰ってくれよ。夜、電話する。」

涼がそういうので、ぼくは真田《さなだ》知里といっしょに帰った。

それより前、五時間目がはじまるとき、鞍森杏《くらもりあん》は教室にいなかった。五時間目のあと、浅井先生にきくと、鞍森杏は五時間目の直前に職員室《しょくいんしつ》にきて、うちからメールが入り、お母さんの体のぐあいがよくなさそうなので、早引きするといって、帰ったということだった。

そのことはすぐに、真田知里に伝《つた》えた。

五時間目に教室にいなかったのは、鞍森杏だけではなく、ショートカットと髪《かみ》が肩《かた》までかかるあのふたりもだった。でも、このふたりについては、五時間目のとちゅうに保健室《ほけんしつ》の先生が教室にきて、ふたりが保健室にいることを浅井先生に伝えていた。でも、ふたりはそれきり教室にもどってこなかったから、やはり早引きしたのかもしれない。

そんなわけで、ぼくは真田知里とふたりで帰った。

高学年になって、男女がふたりで帰ると、へんな目で見られることが多い。でも、あんなことがあったあとだし、涼も鞍森杏もいなければ、ふたりで帰るしかない。

いつものとおり、校門を右に出て、最初《さいしょ》のかどを右にまがったところで、真田知里がいった。

「涼ちゃんには悪《わる》いことをしちゃった。」

「そんなことないよ。職員室《しょくいんしつ》に呼《よ》ばれたって、たいしたことにはならないよ。」

ぼくがそういうと、知里は、

「そのことじゃないよ。」

といった。

「そのことじゃないって？」

「わたしとつきあっているって、いわせちゃったこと。」

「いわせちゃった？」

「うん。翔《しょう》くんはわかってると思うけど、男の子と女の子がつきあっているという意《い》味《み》じゃ、わたしと涼ちゃんはつきあってなんかないよ。そりゃあ、幼稚園《ようちえん》も同じで、家だって近いから、友だちだけどさ。涼ちゃんにうそをつかせることになっちゃって、悪かったよ。」

「べつにそれくらい、いいんじゃないか。あのふたりや、それから、クラスのやつらに、知里と涼がつきあってるって思われたって、べつにどうってことないんじゃないか。そんなこと、涼は気にしないよ。」

ぼくがそういうと、真田知里はしばらく口をつぐんでいたけれど、コミュニティーバスがとおる道に出たところで、

「涼ちゃん、鮎川《あゆかわ》先生のことが好《す》きなんだよ。」

といった。

「えっ？」

といったきり、ぼくはそのあとの言葉《ことば》が出てこなかった。

涼がアユのことを好きだって、どうして真田知里が知ってるんだ？　涼が知里にしゃべったのか？

ぼくはいった。

「だ、だけど、そんなこと、どうしてわかるんだ？　涼がそういったの？」

「いってないよ。だけど、涼ちゃんとは幼稚園《ようちえん》からのつきあいなんだよ。あ、このつきあいっていうのは、つきあってるってことじゃないよ。涼ちゃんと鮎川先生がいっ

しょにいるところを見たらわかるし、鮎川先生、このへんでよく、休みの日にジョギングするんだ。涼ちゃん、それをじっと見てたりするしね。」

それはぼくも知っている。でも、

「そうだよねえ。」

ともいえないから、こうなるともう、ぼくとしてはだまっているしかない。

「昼休みに涼ちゃんがやったことはもう、学校中にひろまってるよ。鮎川先生の耳に入るのだって、時間の問題《もんだい》だよ。ほんとはそんなんじゃないのに、わたしとつきあってるって、鮎川先生に思われたら、涼ちゃん、つらいだろうな。」

「かりに、涼が鮎川先生のことが好《す》きでも、鮎川先生のほうじゃあ、小学生なんて対《たい》象外《しょうがい》だろうから、べつにいいんじゃないか。」

ぼくはそういったけど、いってしまってからすぐに、それはちがうと思った。

問題は、鮎川先生がどう思うかではない。涼の本心でないことが鮎川先生に伝《つた》わることなのだ。

そのあと、ぼくも真田知里もずっとだまって歩いた。

うちのマンションの前までくると、知里は、

「じゃあね。」

といったけれど、ぼくは最初《さいしょ》から真田知里をうちまで送《おく》るつもりだったから、

「あのふたりが待ち伏《まぶ》せしてるかもしれないから、うちまで送っていくよ。」

といって、立ちどまらず、そのまま歩いた。

いったん立ちどまった真田知里も、また歩きだして、いった。

「待ち伏せなんかしないと思うけど、じゃあ、送ってもらっちゃおうかな。だけど、そんなことしてもらうと、今度《こんど》は、わたしと翔くんがつきあってるっていううわさがたつかも。」

「べつに、そんなうわさなんかたたないよ。たったって、べつにいいし。」

ぼくはなんの気なしにそういったのだけど、いってから、自分の首すじが熱《あつ》くなるのがわかった。

ぼくは話をかえた。

「ところでさ、知里のお父さんって、何やってるの？　サラリーマン？」

そうきいてしまってから、ぼくは、しまったと思った。

ぼくたちは、よほど親しくならないと、あいての親のことを話題《わだい》にしない。学校でも、塾《じゅく》でもそういう雰囲気《ふんいき》だ。

あいてのことをきいたのだから、こうなったら自分のこともいわなければと、ぼくはとっさに思い、

「うちの父親はサラリーマンで、営業部《えいぎょうぶ》の部長……。」

なんて、またよけいなことを口ばしってしまった。これじゃあ、まるで自慢《じまん》しているみたいではないか。

ぼくの首すじはますます熱《あつ》くなっていく。

真田知里はいった。

「わたしは、両親《りょうしん》とも美容師《びようし》。住《す》んでいるのはこの町だけど、お店はとなりの町にあるんだ。ふたりでやってるの。」

「へえ、そうなんだ。」

だいたい、この〈へえ、そうなんだ。〉くらい、いってもいわなくても同じ言葉《ことば》は

ほかにないだろう。

知里がいった。

「わたしも、将来《しょうらい》、美容師《びようし》になるつもりなんだ。翔くんは？」

「将来？　おれはまだきめてないけど。」

「涼ちゃんは、お医者《いしゃ》さんになりたいみたいよ。」

それはぼくも知っていた。というより、真田知里もそれを知っているとは思っていなかった。

「涼のこと、なんでも知ってるんだね。」

といってしまってから、ぼくは自分で自分にうんざりしてきた。

どうして、くだらないせりふばかり、口から出るんだろう。これじゃあ、涼と真田知里のことで、ぼくがやきもちをやいているみたいではないか！

「なんでも知ってるわけじゃないよ。」

真田知里がそういったあと、ぼくはだまって歩いた。

涼のマンションをすぎて、数分歩いたあたりで、真田知里が立ちどまり、

「ここでいいよ。あそこがうちなんだ。」

といって、近くの一軒家《いっけんや》を指《ゆび》さした。

「じゃあ、またあした。」

といって、ぼくが道をもどろうとしたとき、知里がいった。

「じつは、涼ちゃんにはもういったんだけど、わたし、トイレであの子をおどかしたの。あの子、わざとわたしにぶつかってきたりして、意地悪《いじわる》するから、ちょっとしかえししたんだ。あのとき、あの子がトイレにいるのがわかったから、わたし、ドアまでいって、ノックしてから、『わたし、花子《はなこ》。ここはわたしのトイレよ。』っていったんだ。それから、ドアをドンドンたたいたんだけど、あの子、中で静《しず》かにしていた。ほかにだれもいなかったし、わたし、ちょっとのあいだ、そこにいた。でも、こわがっているのがドアごしにわかったし、かわいそうになってきちゃって、わざと足音をたてて、そこをはなれたの。」

ぼくはあのふたりの話し声を思いうかべた。時間差《じかんさ》できいたことは一字一句《いちじいっく》たがわずに再現《さいげん》できる。

「それ、だれかのいたずらだよ。ドア、ガンッて開《あ》けて、ふざけんなよっていってやりゃあよかったじゃんか。」

「そう思ったよ。だけど、そんなにすぐにドアなんて開けられないよ。一回、立たなくちゃだしさ。」

「そりゃ、そうかも。それで?」

「できるだけ早くトイレをすませて、外に出た。でも、だれもいなかったんだ。それでさ、すぐに廊下《ろうか》に出たら、教室のほうに歩いていく知里のうしろ姿《すがた》が見えたんだ。」

できるだけ早く、トイレをすませて、外に出た、というのはうそだったのだ。

あのふたりは、仲《なか》がよくて、おたがいなんでも話すのかと思ったら、そうではなかった。話すにしても、うそをまじえて話すのだ。

ぼくと涼は、そういうことはない。少なくとも、ぼくは涼にうそをついたりはしていない。いわないことはあるけれど……。

それは涼も同じだろう。涼は、知里がトイレで花子さんのふりをしたことを知っていても、ぼくにだまっていたことになる。でも、べつにぼくはそれについてなんとも思わない。

それはともかくぼくは、あのふたりがかわいそうになってきた。

真田知里が花子さんのふりをしたことも驚《おどろ》きだったが、あのふたりの間柄《あいだがら》も意外《いがい》だった。

女の子たちがすることは、よくわからない。

6

杏《あん》とふたりで

真田知里《さなだちさと》を送《おく》ってもどってくると、鞍森杏《くらもり》が自分のうちのマンションの前に立っていた。

ぼくが近づくと、鞍森杏がいった。

「さっき、うちのベランダから見てたら、翔《しょう》ちゃんが知里と歩いているのが見えたんだ。きっと知里を送っていくんだなと思って、ここで待《ま》ってた。」

ぼくは鞍森杏にきいた。

「お母さん、だいじょうぶだった？」

鞍森杏はちょっと笑《わら》って、いった。

「だいじょうぶだよ。あれ、うそだもん。」

ぼくは、たぶんそうだと思っていた。

鞍森杏のお母さんの体のぐあいが悪《わる》くて早退《そうたい》するなら、ぼくにそういってから帰るはずだ。そんなの五秒《びょう》もかからない。

ぼくは気づいていた。

鞍森杏が帰ったことと、あのふたりの女子が階段《かいだん》の近くでころんだことには、かかわりがある。

鞍森杏には不思議《ふしぎ》な力がある。腹《はら》を立てると、あいてに腹痛《ふくつう》を起《お》こさせることができるのだ。学校でそれを知っているのは、たぶんぼくだけだ。その力のおかげで、通《とお》り魔《ま》が逮捕《たいほ》されたことがある。そのとき、自転車《じてんしゃ》に乗《の》っていた通り魔は、はげしい腹痛を起こし、自転車を転倒《てんとう》させて、もだえ苦《くる》しんだ。

「あのふたり、おなかが痛《いた》くなって、ころんだのかな。」

ぼくはそういうと、鞍森杏は、

「そうじゃないと思う。」

といった。

予想《よそう》がはずれ、ひとまずぼくはほっとした。

あのふたりは刃物《はもの》をふりまわしたわけではない。涼《りょう》といいあらそっただけだ。真田知里に意地悪《いじわる》をしたとしても、おなかを痛《いた》くさせて、ころばせるのはやりすぎだ。

でも、ぼくがほっとしたのは、ほんの一瞬《いっしゅん》だった。

そのあとすぐ、鞍森杏はこういったのだ。

「おなかが痛くなったから、ころんだんじゃないと思う。おなかが痛くなったとしても、それが原因《げんいん》でころんだんじゃなくて、きっと、脚《あし》の筋肉《きんにく》がどうかしたんだよ。ううん。どうかしたんじゃなくて、わたしがどうかさせちゃったんだよ、きっと。」

杏には、腹《はら》を立てさせたあいてに、腹痛《ふくつう》を起《お》こさせるだけではなくて、脚の筋肉を麻痺《まひ》させてしまうような力があるということだろうか。

鞍森杏はつづけて、いった。

「ほら。通《とお》り魔《ま》がつかまったとき、おなかが痛くなって、それが原因で自転車《じてんしゃ》がころんだんだって、翔ちゃん、そう思ってるでしょ。わたしも、そう思ってた。だけど、いくらおなかが痛《いた》くなっても、あんなふうにころぶ？　脚《あし》の筋肉《きんにく》が麻痺《まひ》したとかじゃないかな。おなかが痛くなったのと同時に、脚の筋肉の麻痺が起《お》こって、両方《りょうほう》とも、わたしがやったことだって、そう思わない？」

もしそうだとしたら、それはたいへんなことだ。杏はおなかを痛くさせるだけではなく、ほかの筋肉を麻痺させることもできることになる。

そう思わない？　ときかれても、ぼくにはわからない。でも、ひょっとすると、そうかもしれないとは思った。

ぼくはたしかめてみた。

「だけど、通《とお》り魔《ま》の脚が動《うご》かないように念《ねん》じるみたいなことをしたわけじゃないでしょ。」

「そうだけど、おなかをねらったわけでもないんだ。なんていうか、怒《いか》りをあいてにぶつけると、あいてのおなかが痛くなっちゃうんだ。ううん。ぶつけるなんて、そんなんじゃなくても、ちょっと頭にきただけでも、あいてのおなかが痛くなっちゃうから、わたし、あんまり怒《おこ》らないようにしてる。でもね……。」

杏がそこまでいったとき、近くの私立学校《しりつがっこう》の女子高生が歩いてきた。その三人がいってしまうと、杏はいった。

「ぜんぜん怒《おこ》らないなんて、無理《むり》じゃない？　頭にくることだってあるよね。もしかしたら、わたし、ほかの人より、気性《きしょう》がはげしいのかもしれないけど。きょうだって、あいつら、いやなやつだなあとは思ったけど、わたしとしては、ころばせてやりたいほど頭にきたわけじゃないいんだよ。だけど、ころんじゃった。ふたりとも。」

道路《どうろ》をはさんでたっている家の庭《にわ》の高い木を見あげて、杏がくちびるをかんだ。

ほんとうをいうと、そのときぼくは、その木がたおれてくるんじゃないかと思ってしまった。

でも、さすがにそんなことは起《お》こらなかった。そんなことは起こらなかったけれど、べつのことが起こった。

いきなり鞍森杏が両手《りょうて》を顔にあてて、しゃがみこんだのだ。

「わたし、自分の力がコントロールできないいんだよ。」

そういって、鞍森杏は泣《な》きだした。

とおりがかりの人たちがぼくたちを見ていく。

けれども、鞍森杏がしゃがんで泣《な》いていたのは、せいぜい数十秒《すうじゅうびょう》で、鞍森杏は立ちあがると、ワンピースのポケットからハンカチを出して、涙《なみだ》をふいた。そして、無理《むり》に笑《わら》って、いった。

「そんなこといわれたって、翔ちゃん、こまるよね。」

「心配《しんぱい》だけど、こまるってことはないけど……。」

「だけど、もし、翔ちゃんとわたしが何かのことでけんかなんかして、翔ちゃんの体がどうかしちゃったら、どうするの?」

「おなかが痛《いた》くなるくらいだったら、いいよ。」

「おなかが痛くなるだけじゃすまないかもしれないじゃない。心臓《しんぞう》の筋肉《きんにく》なんかが麻《ま》痺《ひ》したら、死《し》んじゃう。」

「だいじょうぶだよ。杏とはけんかにならないよ。ならないようにするし。」

「そういうのも、わたし、いやなの。翔ちゃんがわたしを怒《おこ》らせないようにして、腫《は》れ物《もの》にさわるみたいにされるの、わたし、いやだ。」

パパがこういったことがある。

「女は、いや、男もだけど、ときどき、こっちが、『じゃあ、どうすりゃいいんだよ。』っていいたくなるようなことを、いってくることがある。だけど、そういうとき、そんなことをいうのは最低《さいてい》だ。『じゃあ、どうすりゃいいんだよ。』というのは、問題解決《もんだいかいけつ》の放棄宣言《ほうきせんげん》だ。『どうしようかな。』はまだいいが、それじゃあ、何もいってないのと同じだ。そういうときは、起《お》こっている問題《もんだい》にもよるが、『わかった。三日待《ま》ってくれ。三日のうちに解決策《かいけつさく》を考える。』っていうんだ。問題の緊急性《きんきゅうせい》が高いときは、三日じゃなくて、半日とか、一時間とか、十分とかにすればいい。」

そのときぼくはパパに、

「だけど、そのあいだに、解決策を思いつかなかったら、どうするの？」

ときいた。

そうしたら、パパはまず、こう断言《だんげん》した。

「かならず思いつくから、だいじょうぶだ。思いつかなかったらどうしようなんて思わなければ、かならず思いつく！」

それから、にっと笑《わら》っていいたした。

「こっちが解決策《かいけつさく》を思いつく前に、問題《もんだい》が自然《しぜん》に解決することも、けっこうあるんだよ。」

ぼくはそのときのパパの言葉《ことば》を思い出し、

「じゃあ、三日待《ま》ってよ。そのあいだに、解決策を考えるから。」

といってみた。

けれども、鞍森杏は、いぶかしそうに、

「えっ？」

とつぶやいただけで、

「それなら、翔ちゃんにまかせる！」

なんていって、いきなり上機嫌《じょうきげん》になるようなことはなかった。そのかわり、

「ほんとはね。解決策は、もう考えてあるんだ。でも、それ、いうは易《やす》く、おこなうは難《かた》しってやつなんだよね。だけど、翔ちゃんに話してよかった。なんだか、すっきりしたし、やる気も出てきたよ。」

といい、ちょっとは機嫌《きげん》がよくなったようだった。

それで、ぼくが、

「どんな解決策《かいけつさく》?」

ときいても、鞍森杏は、

「それはまだ秘密《ひみつ》。」

といって、教えてくれなかった。

ぼくは、ヒョウモントカゲモドキのことを思い出し、鞍森杏にきいてみた。

「涼からきいたと思うけど、このあいだ、このへんに、ピンクに黒のドットの大きなトカゲがいたみたいなんだ。それって、シンの友だちじゃないかって、そんな気がするんだよね。」

ぼくは、鞍森杏の弘前《ひろさき》のおばあさんの式神《しきがみ》とか使《つか》い魔《ま》とか、そういう言葉《ことば》を使うと、杏が傷《きず》つくと思ったから、シンの友だちといってみたのだ。

「涼くんからきいたとき、ついとぼけちゃったんだけど、そうねえ。友だちみたいなもんかな。」

鞍森杏の返事《へんじ》に、ぼくは、やっぱりそうかと思い、

「で、今、杏のうちにいるの？」

ときいてみると、鞍森杏は、

「ううん。もう弘前に帰った。」

と、まるで遊《あそ》びにきていた親戚《しんせき》のだれかが帰ったみたいにいった。

たしかに、パパのいうとおり、問題《もんだい》が自然《しぜん》に解決《かいけつ》することはある。

これでもう、うちで、きれいかもしれないけれど、やっぱりぶきみなトカゲを飼《か》わずにすむ。

7

杏《あん》の欠席《けっせき》

鞍森《くらもり》杏のマンションの前で鞍森杏と話をしたのは火曜日で、それから三日ということは、金曜日が解決策《かいけつさく》の期日《きじつ》だ。遅《おそ》くとも夕方までには、できれば朝、杏に会ったときに、その解決策を提示《ていじ》しなければならない。

ぼくが何かのことで鞍森杏を怒《おこ》らせるということは、まずないだろう。涼《りょう》や真田知里《さなだちさと》だってそうだ。だから、三人にかぎって、危険《きけん》はない。それから、三人以外《いがい》の人だって、鞍森杏自身《じしん》や真田知里や、ぼくや涼に何かしてこなければ……、とそこまで考えて、いや、それはどうかわからないと気づいた。

たとえば、杏が道を歩いていて、だれかが自転車《じてんしゃ》でだれかにぶつかり、ぶつけられたほうがころんだりしたのに、ぶつけたほうがあやまりもせずに立《た》ち去《さ》ったら?

たぶん、数秒後《すうびょうご》に、自転車《じてんしゃ》はころぶのだ。

ぼくや涼や知里に害《がい》がなければそれでいい、というものではないし、鞍森杏だって、そういう思いでいるにちがいない。

鞍森杏は、解決策《かいけつさく》は、もう考えてあって、でも、それはいうはかんたんでも、実行《じっこう》するのはむずかしいっていうようなことをいってた。

じつをいうと、ぼくはそれをきいたとき、鞍森杏が何を考えているのか、だいたいわかった。うまくいくかどうか、わからないけれど、今のところ、解決策はひとつしかないだろう。たぶん、ぼくが考えた解決策と鞍森杏の考えは同じだろう。

金曜日の朝、ぼくは、いつも鞍森杏がうちを出る時間の数分前に出て、道で鞍森杏を待《ま》った。でも、鞍森杏はマンションから出てこず、何分か待ったけれど、無駄《むだ》だった。

学校にいっても、鞍森杏はきていなかった。

一時間目のチャイムが鳴る直前に、涼がぼくの席《せき》の近くにきて、

「杏、きょう休みか？」

といった。

「そうみたいだ。杏は遅刻《ちこく》したことないし。」

ぼくがそういうと、涼はぼくの顔をのぞきこんで、いった。

「何かあったのかな。」

そのとき、ぼくは席《せき》についていて、涼はぼくの横《よこ》に立っていた。

ぼくは何もいわずに、首をかしげるみたいにして、横目でちらりと涼の顔を見あげた。すると、涼はかすかにうなずいて、自分の席にもどっていった。

一時間目が終《お》わると、真田知里が、黒板《こくばん》の字を消《け》している担任《たんにん》の浅井《あさい》先生のところにいって、

「鞍森さん、病気《びょうき》ですか？」

ときいた。すると、浅井先生は、

「それは個人情報《こじんじょうほう》だからいっちゃまずいんだけど、おまえと鞍森は仲《なか》がいいみたいだし、心配《しんぱい》だろうから教えてやろう。けさ、お母さんから連絡《れんらく》があって、風邪《かぜ》だそうだ。」

と答えてから、教室を出ていった。

ぼくは先生と真田知里のほうを見ていたのだが、先生が、

「心配《しんぱい》だろうから教えてやろう。」

といったとき、ぼくのほうをちらりと見た。

先生がいってしまうと、涼も教室から出ていった。

ぼくは立って、涼のあとを追《お》った。

廊下《ろうか》の西側《にしがわ》のつきあたりに、理科室がある。理科室の前にはだれもいない。涼は先にそこにいき、ぼくが追いつくと、ぼくにたずねた。

「杏。ほんとに風邪《かぜ》なのか？」

「杏の携帯《けいたい》の番号《ばんごう》、知ってるから、電話できいてみようか。」

ぼくがそういうと、涼は、

「ってことは、知らないってことだな。」

といって、教室のほうにもどりかけた。

ぼくは涼を呼《よ》びとめた。

「ちょっと待《ま》てよ。風邪《かぜ》じゃないと思うんだ。」

涼はふりむいて、いった。

「だろうな。もし、風邪なら、朝、おまえに電話してくると思う。」

ふつうの六年生ならそのあと、

「おまえ、何か知ってるんじゃないか。」

ときいてくるのだろうが、涼はそういうことはきかない。

鞍森杏の秘密《ひみつ》の力について、涼が知っているのかどうか、わからない。少なくとも、ぼくはしゃべっていない。

ぼくと涼は親友だといってもいい。だけど、親友なら、なんでもしゃべっていいことにはならない。ぼく自身《じしん》のことなら、しゃべっていいかもしれないけれど。

五年生の三学期《がっき》に、クラスの男子たちの何人かが休み時間に教室でさわいでいて、ひとりがほかのだれかに、

「教えろよ。なかまなんだから、秘密《ひみつ》にするなよ。」

といった。

ぼくと涼は近くにいて、それが耳に入った。

何について話していたのかはわからない。

涼は、

「あ、おれ、図書室に予約《よやく》してあった本があったんだ。」

といって、教室を出ていってしまった。

涼は〈なかま〉という言葉《ことば》がきらいなのだ。ぼくは、涼を親友だと思っているし、涼だってそう思っているにちがいない。でも、ぼくと涼のあいだで、〈親友〉という言葉が出たことはない。


鞍森杏のおばあさんが青森《あおもり》で祈禱師《きとうし》みたいなことをやっていて、鞍森杏のお母さんとおばあさんは、うまくいってないということを涼が知っているかどうかわからない。そのことだけではなく、鞍森杏について、涼がどれだけのことを知っているのか、ぼくにはわからない。

涼と真田知里は家が近くて、幼稚園《ようちえん》も同じで、おさななじみだが、真田知里のことを涼がぼくに話すことはあまりない。真田知里の両親《りょうしん》が美容師《びようし》だということは、涼からきいたのではなく、真田知里本人からきいたのだ。

ぼくはよく考えてから、涼にいった。

「これは想像《そうぞう》だけど、杏は風邪《かぜ》とかじゃなくて、東京《とうきょう》にいないと思う。」

「東京にいない？」

といっただけで、涼は、

「じゃ、どこにいるんだ？」

とはきかなかった。

ぼくはいった。

「杏は、おばあさんが青森県《あおもりけん》の弘前《ひろさき》にいるんだけど、そこにいったんじゃないかな。そんな気がするんだ。」

「そうか。おばあさんのところなら、安心《あんしん》だな。心配《しんぱい》して損《そん》した。」

といって、涼は教室にもどっていったが、その顔は安心しているようではなかった。

涼がいってしまってから、ぼくは廊下《ろうか》の窓《まど》から外を見ながら、この三日間、何度《なんど》も考えたことをまた考えた。

鞍森杏が秘密《ひみつ》の危険《きけん》な力を自分でコントロールできるようにする方法《ほうほう》を知っている人がいるとすれば、それは杏のおばあさんだけだろう。

学校にきて、ひょっとしてだれかを傷《きず》つけてしまうなら、うちにいるしかないし、うちにいるなら、弘前にいっても同じだ。

鞍森杏のお母さんとおばあさんは、うまくいっていないらしいけど、鞍森杏は、自分とおばあさんの関係《かんけい》については、何もいっていない。

鞍森杏とお母さんとおばあさんの三人の問題《もんだい》は、鞍森杏の家族《かぞく》の問題で、ぼくが口をはさむことじゃない。でも、もし、これきり鞍森杏が東京に帰ってこなければ、ぼくはさびしい。

8　宿題《しゅくだい》

その日、パパは帰りが遅《おそ》く、晩《ばん》ごはんは母さんとふたりで食べた。

ぼくは、鞍森杏《くらもりあん》のことが気になって、あんまり食欲《しょくよく》がなかった。そんなぼくのようすを見て、母さんがいった。

「どうしたの？　何か心配事《しんぱいごと》でもあるの。」

「きょう、学校に杏がこなかったんだよね。」

ぼくが箸《はし》を止めてそういうと、母さんは、

「あら。風邪《かぜ》でもひいたのかしら。心配《しんぱい》ね。」

といって、それきりその話はやめた。

ぼくはほっとした。母さんは鞍森杏の不思議《ふしぎ》な力について何も知らない。それは鞍森杏の秘密《ひみつ》なのだから、ぼくは母さんやパパにそのことをいうつもりはない。

前にぼくは、涼《りょう》が鮎川《あゆかわ》先生のことが好《す》きだということを母さんにしゃべってしまったことがあり、母さんはそれをパパに話したから、パパも知ってしまった。ぼくは、母さんにしゃべったことを今でも後悔《こうかい》している。

うちはマンションの二階《かい》で、杏はとなりのマンションの三階《がい》だ。うちのベランダから杏のうちの窓《まど》が見える。

夕飯《ゆうはん》のあと、ベランダに出て、杏のうちの窓を見ると、電気がついていた。ぼくがうちに帰ってきたときには、窓は暗《くら》かったから、だれかが帰ってきているということだ。

不思議な力をコントロールできるようにするために、鞍森杏が弘前《ひろさき》にいったとすれば、そんなにすぐには帰ってこないだろう。鞍森杏のうちは母子家庭《ぼしかてい》だから、鞍森杏が弘前にいったとしたら、今、うちにいるのはお母さんということになる。ということは、鞍森杏が弘前にいってしまったのに、お母さんはすぐに迎《むか》えにいってはいないということだ。

鞍森杏のお母さんと、そのお母さん、つまり杏のおばあさんは、関係《かんけい》がうまくいっていない。おばあさんは鞍森杏に自分のあとをつがせようとしているみたいで、お母さんはそれがいやなのだろう。だけど、お母さんが、力をコントロールする方法《ほうほう》を知らなければ、おばあさんをたよるしかないではないか。

ぼくはそれを考えると、暗《くら》い気持《きも》ちになってくる。

ぼくは、自分自身《じぶんじしん》の問題《もんだい》で解決策《かいけつさく》を見つけられなければ、パパや母さんに相談《そうだん》できる。でも、杏は、いっしょに住《す》んでいる家族《かぞく》には相談できないのだ。

夕飯《ゆうはん》のあと、ぼくは宿題《しゅくだい》をかたづけるといって、自分の部屋《へや》に引きあげた。

九時になっても、杏から電話がなければ、こちらからかけてみることにして、ぼくはほんとうに宿題にとりかかった。

ぼくは私立中学《しりつちゅうがく》を受験《じゅけん》する。涼もそうだ。べつにうぬぼれているわけではないけれど、ぼくには、そして、たぶん涼にとっても、学校の宿題はかんたんすぎる。まったくまちがえようのない計算問題《けいさんもんだい》とか、とっくに知っている漢字《かんじ》の書《か》き取《と》り練習《れんしゅう》なんて、やる必要《ひつよう》があるだろうか。時間の無駄《むだ》でしかないのではないだろうか。

はっきりいって、宿題《しゅくだい》は迷惑《めいわく》だ。

前にそのことをパパにいったことがある。そのとき、パパはこういった。

「おまえね。世《よ》の中《なか》にはつきあいってものがあるんだよ。学校いったら、ただで給食《きゅうしょく》を食べさせてもらってるんだろ。だったら、宿題をやって、先生の顔を立てるくらいの義理《ぎり》はあるだろう。宿題なんて、十分か、せいぜい二十分でかたづくんだろ。ちゃっちゃとやって、出せばいいんだ。べつにおれは、おまえが宿題をやらなくたって、もんくはいわない。だけど、先生に、

『宿題はぼくには、かんたんすぎます。時間の無駄だから、もうやりません。』

っていう根性《こんじょう》がおまえにあるか？　あったって、そんなところに根性を使《つか》うのは、それこそ根性の無駄《むだ》づかいだ。根性はほかのところで使ったほうがいい。まあ、おまえの友だちの涼くんだったら、それくらいのことはいうだろうけどなあ。」

涼はちゃんと宿題をやってくる。そして、涼が宿題について、もんくをいっているのをきいたことはない。

ぼくは涼に、

「宿題《しゅくだい》って無駄《むだ》だと思わない？」

ときいたことがあった。そのとき涼は、

「無駄って、だれにとって？」

とききかえしてきた。

「だれにとってって、涼とか、おれとか……。」

ぼくがそういうと、涼は、

「おれたちにとってだけじゃない。クラスの大半の子にとって無駄なんだ。学習《がくしゅう》は個《こ》人《じん》のレベルに合ってないと、無駄どころか害《がい》がある。宿題がむずかしすぎて、どうやっていいかわからなければ、時間の無駄ってことについちゃあ、おれたちと同じだ。時間の無駄だけじゃない。できないと、自己肯定感《じここうていかん》がさがるから、害がある。むずかしすぎる宿題は自信《じしん》をうばう。毎回、すべての子どもに、最適《さいてき》のレベルの宿題を出すのは無理《むり》だから、たいていの子にとって、宿題は無駄なんだ。」

と、涼にありがちな、ぜんぜん小学生っぽくないことをいってから、突然《とつぜん》、話をかえた。

「おまえ、おれほどじゃないけど、けっこうクラスの女子に人気があること、知ってる？　まあ、おまえのことはいいとして、おれなんか、アユにしか興味《きょうみ》ないし、女子の友だちは、知里《ちさと》と杏でじゅうぶんだ。」

「それって、宿題《しゅくだい》とどういう関係《かんけい》があるんだ？」

「関係大ありなんだよ、これが。」

「大あり？」

「そう。大あり。大ありっていったって、ディノハリアリのことじゃない。」

「なんだよ、そのディノなんとかって？」

「ディノハリアリだよ。世界一《せかいいち》でかいアリ。でかいやつだと四センチくらいあるらしい。そんなアリがそのへんにいたら、めだつだろ。なんか、あぶなそうだし。たちまち、アリスプレーでシューッさ。アリでも、人間でも、あんまりめだつのはつごうが悪《わる》いんだよ。ほら、おれたちって、クラスの中じゃ、勉強《べんきょう》、かなりできるほうだし、顔だって、まあまあ以上《いじょう》だよな。そういうことだよ。」

「そういうことって、涼。おまえ、本気でそう思ってるのか？」

「そう思ってるって?」

「だから、勉強《べんきょう》ができるとか、顔とか……。」

「思ってるよ。客観的事実《きゃっかんてきじじつ》として、そうなんだよ。いいとか悪《わる》いとかの問題《もんだい》じゃないし、うぬぼれているわけでもない。ただし、それは、クラスの二十人にも満《み》たない男子の中だけのことだ。しかし、だけといっても、それが、おれたちが半日すごす世界《せかい》だ。アリでも、人間でも、その世界で必要以上《ひつよういじょう》にめだつのは、考えものだ。」

「それで、それと宿題《しゅくだい》がどういう関係《かんけい》があるんだよ。」

「おまえ、おれの話、ちゃんときいてた? もし、先生やみんなに、宿題なんて、それぞれの学力にぴったり合ってなけりゃ無駄《むだ》だ、なんていってみろよ。いってることが正しいだけに、めだつだろ。めだつと、いろんなことにまきこまれる。それがいやなら、くだらないと思ったって、もんくをいわないで、提出《ていしゅつ》しておけばいいんだ。トラブルにまきこまれたくなければ、めだたないようにする。宿題をやるのは、おれたちにとっちゃあ、まあ、動物《どうぶつ》の擬態《ぎたい》みたいなもんだよ。宿題なんて、廃止《はいし》したほうがいいと思ってる先生たちも、いっぱいいると思うよ。でも、やめられない事情《じじょう》もあるんじゃないか。」

そんなわけで、夕飯《ゆうはん》のあと、ぼくが部屋《へや》で動物《どうぶつ》の擬態《ぎたい》をやっていると、机《つくえ》の上で充《じゅう》電《でん》していたスマホが鳴った。

液晶《えきしょう》画面《がめん》には、〈杏〉という字が出ている。

ぼくは電話に出た。

「どうしたんだよ、杏。」

「どうしたんだって、宿題《しゅくだい》、終《お》わったの?」

鞍森杏の声は意外《いがい》に明るく、ぼくはひとまずほっとして答えた。

「宿題なら、今、やってたとこだけど。」

「今って、期日《きじつ》はきょうよ。学校のじゃなくて、こっちの宿題。きょうが三日目よ。」

「あ、そっちか。それなら、ちゃんと考えて、答えも出した。」

「どんな答え?」

「杏の力のコントロールのしかたは、杏のおばあさんなら知ってると思うんだ。」

「だよね。それ、わたしの答えと同じ。だから、きのうからひとりで弘前にきてるんだ。」

「やっぱね。そう思ったよ。で、どう？　コントロールできるようになりそう？」

「どうかなあ。一日や二日じゃ無理《むり》だけど、まるで見込《みこ》みがないわけじゃないみたい。」

「それならいいけど……。」

ぼくはそういってから、

「いつ、帰ってこられそう？」

とききそうになった。でも、それは、いってはいけないような気がして、言葉《ことば》をのみこんだ。

けれども、ききたい気持《きも》ちが杏に伝《つた》わってしまったのかもしれない。

鞍森杏がいった。

「学校には、風邪《かぜ》っていってもらってるんだ。うまくいきそうでも、いかなそうでも、月曜日には、東京《とうきょう》に帰るよ。」

「涼とか知里も心配《しんぱい》してると思うけど、ふたりにはなんていっておこうか。」

「わたしも、それ、考えてたんだよね。あのふたりには、いつかは、ぜんぶ話そうと思ってるんだけど……。」

　鞍森杏はそういってから、ちょっとだまった。そして、最後《さいご》に、

「母親とけんかして、おばあちゃんちにいったって、そういっておいて。それって、ほんとのことでもあるし。東京《とうきょう》にもどったら、ちゃんと話すよ。じゃあ、そういうことで。」

といって、話を終《お》わらせた。

　不思議《ふしぎ》な力のコントロールについては、見込《みこ》みがありそうだし、月曜日には東京に帰ってくるということは、火曜日には学校にくるだろう。

　ぼくは安心《あんしん》して、電話を切った。

9 都市伝説《としでんせつ》

鞍森杏《くらもりあん》との電話を切り、学校の宿題《しゅくだい》をすませてから、ぼくは涼《りょう》の携帯《けいたい》に電話をかけた。

「杏からさっき、電話があった。風邪《かぜ》じゃないみたいだ。お母さんとけんかして、青《あお》森《もり》のおばあさんちにいったんだって。月曜には、東京《とうきょう》に帰ってくるっていってた。」

ぼくがそういうと、涼は、なんで鞍森杏が母親とけんかをしたのかはたずねず、

「それ、知里《ちさと》にもいっていいかな。」

とだけきいた。

ぼくは、真田《さなだ》知里の電話番号《でんわばんごう》を知らないから、ちょうどいいと思い、

「じゃあ、知里には、涼から知らせて。」

といい、電話を切った。

月曜日、学校で会っても、涼も真田知里も鞍森杏のことは話題《わだい》にしなかった。ただ、真田知里が、

「シンちゃん、だれがめんどうを見てるのかな。」

といっただけだった。

シンというのは、鞍森杏の黒いハムスターの名まえだ。鞍森杏がハムスターを飼《か》っていることは、真田知里も知っている。ついでにいうと、真田知里もハムスターを飼っている。

ぼくは、

「お母さんが見てるんじゃないか。」

といい、ハムスターの話もそれで終《お》わった。

その日、ぼくと涼と真田知里はいっしょに学校から帰った。

鞍森杏のことで、ぼくが何かを知っていて、でも、それをふたりにいえないという

ことは、涼だけではなく、真田知里も気づいているにちがいない。

帰り道は、話がはずまなかった。

学校から家がいちばん近いのはぼくだ。

うちのマンションの前で、ぼくが、

「じゃあ、またあした。」

といって、ふたりとわかれようとしたとき、少し先の店のショーウィンドウの前で、男の人がこっちにむかって手をふっていることに気づいた。ポケットのいっぱいある白いジャケットを着《き》て、首からカメラをさげている。

木村啓介《きむらけいすけ》だ。

去年《きょねん》の夏まで、うちのマンションには、若《わか》い女の芸能人《げいのうじん》が住《す》んでいて、ときどきそこに男の人がきていた。結局《けっきょく》、その芸能人はその人と結婚《けっこん》して、引《ひ》っ越《こ》していった。このあいだ、赤ちゃんが生まれたことを知らせる葉書《はがき》がきた。

それはともかく、ふたりが結婚する前、木村啓介は男の人が芸能人の部屋《へや》から出てくるところをカメラで撮《と》ろうとして、マンションに侵入《しんにゅう》したことがあった。

それは夏休みのことで、ぼくは高宮聡《たかみやさとし》さんという人にたのまれて、その人が飼《か》っていた犬の散歩《さんぽ》をボランティアでやっていた。それは、トラウムという名まえのジャーマン・シェパードで、トラウムの活躍《かつやく》で、木村啓介は撃退《げきたい》された。

ぼくと木村啓介の出会いは、そういうものだったが、その後、木村啓介はぼくにも、パパにも謝罪《しゃざい》し、刑事事件《けいじじけん》にはならなかった。

しばらくして、学校でゲームカードの盗難事件《とうなんじけん》があり、カードを盗《ぬす》まれた子の親にたのまれて、木村啓介は盗難現場《とうなんげんば》の証拠写真《しょうこしゃしん》を撮影《さつえい》した。その写真を使《つか》って、盗難事件はいちおう解決《かいけつ》し、盗まれたカードは持《も》ち主《ぬし》にもどったのだが、犯人《はんにん》はぼくたちの学校の先生で、しかもアユの大学の後輩《こうはい》だった。思い出すと、いやな気分になる事件だ。

思い出すということでは、ぼくはよくトラウムのことを思い出す。飼い主の高宮さんも、トラウムももうこの世《よ》にはいない。高宮さんは、病気《びょうき》で死《し》んだのだが、トラウムはぼくと散歩中に、コンビニ強盗《ごうとう》をつかまえて、そのときに死んだ。強盗に殺《ころ》されたのではない。トラウムはもともと心臓《しんぞう》が悪《わる》くて、走ったりしてはいけなかったのだ。それを、強盗《ごうとう》を追《お》って、走ったものだから……。

もう、その話はやめよう。そのときのことを思い出すと、涙《なみだ》が出てきてしまう。

涼は霊《れい》が見えるのだが、ぼくもそのとき一度《ど》だけだけど、そういうものを見た。高宮さんとトラウムとパジャマ姿《すがた》の小学生があらわれて、消《き》えていったのを見たのだ。

とにかく、ぼくは盗撮事件《とうさつじけん》とカードの盗難事件《とうなんじけん》で、木村啓介とは知り合いなのだ。

男の人が手をふっていることに、涼も真田知里も気づいた。

真田知里が、

「だれかが、手をふってるよ。」

といったのと、涼が、

「あれ、木村さんじゃないか。」

といったのは同時だった。

木村啓介が手をふっていたのは、おもにドイツなどのヨーロッパのおもちゃを売っている店の前だった。

ともかくぼくは木村啓介のそばにいって、たずねた。

「きょうは、なんですか?」

「また、このあたりの仕事《しごと》が入ったから、きみたちに挨拶《あいさつ》しておこうと思ってさ。」

木村啓介はまずぼくにそう答えてから、あとからきた涼に、

「いやあ、諸葛孔明《しょかつこうめい》の嶋崎《しまざき》涼くん。そのせつはどうも。」

といってから、知里の顔を見た。

「こちらのお嬢《じょう》さんは? いや、自己紹介《じこしょうかい》が先ですね。わたしは木村啓介というフリーのジャーナリストです。並木翔《なみきしょう》くんとは、浅《あさ》からぬ因縁《いんねん》があって、おつきあいさせていただいている者《もの》です。今度《こんど》このあたりで取材《しゅざい》をするにあたって、ちょっと挨拶にきたわけです。ここで待《ま》っていれば、会えると思いましてね。」

木村啓介はけっして悪人《あくにん》ではないとは思うけれど、ぼくは真田知里をかかわりあいにさせるのがいやだった。それで、涼に、

「知里といっしょに帰ってくれよ。」

といった。でも、いった瞬間《しゅんかん》、知里の名まえを口にしてしまったことに気づき、すぐに後悔《こうかい》した。

「じゃ、あとで電話くれ。」

涼はそういって、知里の手を引き、いってしまった。

涼も、真田知里を木村啓介とかかわらせたくないのだろう。

ふたりがいってしまうと、木村啓介は、

「近くでジュースでも飲《の》む？」

といった。

ジュースということは、ただの挨拶《あいさつ》ではないだろう。

「話があるんですか？」

ぼくがきくと、木村啓介はうなずいた。

「話ってほどじゃないんだけど、ききたいことがあるんだよ。」

おもちゃ屋《や》さんの裏《うら》に、小さな公園がある。

「じゃあ、裏の公園で。」

とぼくがいうと、木村啓介は、

「それなら、先にいっててくれ。近くの自販機《じはんき》で、飲《の》み物《もの》買っていく。」

といい、ぼくの返事《へんじ》も待《ま》たず、すぐそばの自販機《じはんき》のほうに歩いていった。

ぼくは、先に公園にいき、ベンチにすわった。

木村啓介はすぐにもどってきて、ぼくにペットボトルのオレンジジュースをわたすと、ぼくのとなりにすわり、缶《かん》コーヒーのプルタブを引いた。

そして、コーヒーをひと口飲《の》んでから、ぼくを見て、いった。

「いや、都市伝説《としでんせつ》みたいなものの取材《しゅざい》なんだよ。くだらないっていうか、ばかばかしい話なんだけど、なにしろこっちは、フリーだからさ。そういう仕事《しごと》もしないとね。」

「都市伝説っていうと、マンホールにワニが住《す》んでいるとか？」

「まあ、そんなやつだよ。マンホールじゃないけどね。」

ぼくのうちの南側《みなみがわ》に、ＪＲ線《ジェイアールせん》がとおっている。そのまた南に都立公園《とりつこうえん》がある。その公園は南北に走る道路《どうろ》をはさんで、東西にわかれており、西側《にしがわ》には動物園《どうぶつえん》と遊園地《ゆうえんち》があって、東側《ひがしがわ》に水族館《すいぞくかん》や、ボートに乗《の》れる池がある。

ぼくはその公園の名まえをいって、

「マンホールじゃなくて、あの公園の池にワニが住んでるとか？」

といってみた。

もちろん、本気でそう思ったのではない。冗談《じょうだん》のつもりだった。

すると、木村啓介は、

「池の近くだ。でも、ワニじゃない。」

といった。

「ワニじゃないなら、何?」

これはしゃれのつもりでいったのではない。でも、木村啓介は笑《わら》って、

「おもしろいこというね。ワニじゃないならナニなんて。だけど、ワニのほうがまだほんとうっぽいよな。」

といってから、ちょっと間をおいて、つぶやいた。

「首なし女なんだよ。なんか、話をきいたことがある? うわさになってるとかさ。きみにききたいのは、そういうことなんだ。」

いくら都市伝説《としでんせつ》でも、首なし女って……。

ぼくはそう思って、木村啓介の顔を見た。

「そんな顔をするところを見ると、うわさのことは知らないんだね。やっぱり、小学生だって、食いついてこないかあ。いくらなんでも、首なし女なんて、荒唐無稽《こうとうむけい》だよなあ。」

木村啓介はそういってから、話をかえた。

「あ、そうそう。翔くん。このあいだ、二月だったかな。そこの道で、通り魔事件《とおりまじけん》があったんだって？　小学生が刺《さ》されたってことだけど、まさか、きみじゃないよね。」

「その、まさかです。」

ぼくがそういうと、木村啓介はきゅうにまじめな顔になり、

「なんだって？」

といって、ぼくの顔をしみじみと見た。

ぼくはいった。

「ぼくのけがは、たいしたことなくて、犯人《はんにん》はぼくじゃなくて、女の子のスカートをハサミで切ろうとしたみたいなんですけど、乗《の》ってた自転車《じてんしゃ》がころんで、とりおさえられたんです。」

「事件《じけん》のことはだいたい知っているけど、まさか、きみが被害者《ひがいしゃ》だとは思わなかったな。事件の関係者《かんけいしゃ》が子どもだと、警察《けいさつ》は名まえを発表《はっぴょう》しないからね。きみも、いろいろ事件にまきこまれるねえ。そういう星の下に生まれたのかな。」

といって、立ちあがった。

「事件にまきこまれるって、そのうちのひとつは、木村さんが起《お》こした事件じゃないですか。」

ぼくはそういいたくなったけど、いわなかった。それはもうすんだことだ。

木村啓介は、立ったまま、コーヒーをもうひと口飲《の》んだ。

「じゃあ、翔くん。そういうことで、しばらくあの公園のあたりをうろつくかもしれないから、よろしくね。うろつくっていっても、うろつくのは、首なし女じゃなくて、おれだけど。もし、首なし女のうわさを耳にしたら、知らせてよ。おれの電話番《でんわばん》号《ごう》なら、きみのお父さんが知ってるから。それにしても、いくら仕事《しごと》でも、首なし女ってなあ……。」

木村啓介はそういいのこして、いってしまった。

10　夜の電話

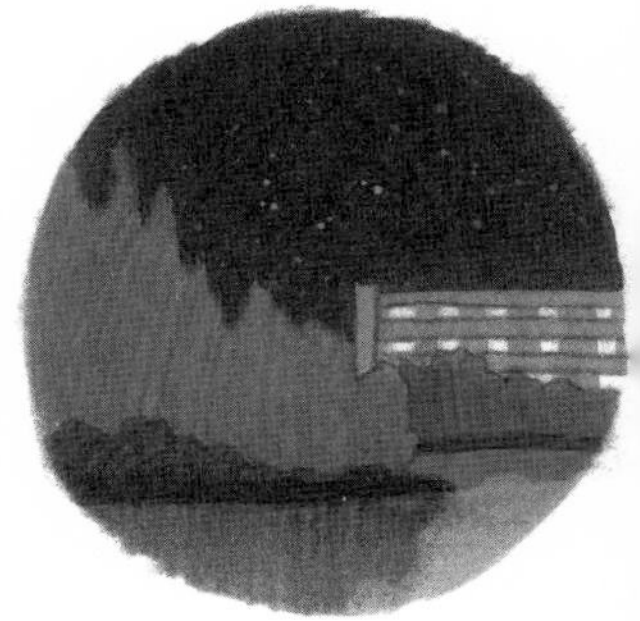

ぼくと涼《りょう》はべつの進学教室《しんがくきょうしつ》にいっていて、曜日は、ぼくが火木と日曜の午前中。涼は月曜と、それから日曜の午前中だ。

その日の夜、ぼくは涼に電話した。九時をすぎていたけど、電話をすることになっていたし、その時間なら、涼はまだ起《お》きている。

電話に出た涼に、

「ごめん、遅《おそ》くなって。」

というと、涼は、なんだかはずんだ声で、

「だいじょうぶだよ。それより、木村《きむら》さん、このあたりの仕事《しごと》っていってたけど、それって、首なし女?」

ときいてきた。

いくら涼は勘《かん》がよくても、どうしてそんなことがわかるのかと思い、

「なんでわかった?」

ときくと、涼は、あたりまえのことのようにいった。

「やっぱ、そうか。」

「だから、なんでわかったんだよ、首なし女って。」

「なんだ、おまえ、知らないの? このごろ、うわさになってるんだよ、首なし女。っていうか、首なし女のうわさは、ずっと前からある。」

「ずっと前からって、どこで?」

「どこでって、このあたりじゃ、みんな知ってるよ。おれのいっている塾《じゅく》なんかじゃ、もう大さわぎだよ。公園の池のまわりで出るって。」

「見たやつ、いるの?」

ぼくは自分の声が真剣《しんけん》になっているのが、自分でもわかった。

でも、逆《ぎゃく》に涼は、けらけらと笑《わら》って、いった。

「んなやつ、いるわけないだろ。都市伝説《としでんせつ》だよ。で、木村さん、首なし女の取材《しゅざい》をはじめるんだって？」

「そうみたいなんだけど、あんまり乗《の》り気《き》じゃなかったなあ。」

「だろうなあ。仕事《しごと》だから、しょうがなくやってるんだろ。」

「でもさ、涼は霊《れい》が見えるだろ。ってことは、霊って、いることになるし、おれだって、一回は見たことがある。霊がいるなら、首なし女だっているかもしれないじゃないか。つまり、首のない幽霊《ゆうれい》だよ。」

ぼくがそういうと、涼はわざとらしくため息《いき》をついて、いった。

「おまえね。ちょっとは原理ってものを考えてみろよ。霊って、着《き》ているものだって、死《し》んだときの服《ふく》を着て出てくるとはかぎらない。まあ、そういうことだってあるけど、だいたいは、ふつうに生活していたときのかっこうだ。死《し》に装束《しょうぞく》で出てくる幽霊の話なんて、あれはうそだ。そんなやつ、おれは見たことがない。生きてるときのかっこうをしているんだよ、みんな。だとしたら、首なし女は、首なしで生きていたことになるだろ。そんなやつ、いるかよ。首がなくなったときには、もう死《し》んでいたはずだ。」

たしかにそれは理屈《りくつ》に合っている。

「そうかあ……。」

と、ぼくが納得《なっとく》すると、涼はさらにいった。

「そうだよ。有名《ゆうめい》な四谷怪談《よつやかいだん》のお岩《いわ》さんだって、ものすごい顔で出てくる。だけど、それって、死ぬ前の顔っていう設定《せってい》だ。毒《どく》を飲《の》まされて、ひどい顔になって死ぬから、幽霊《ゆうれい》になっても、そういう顔で出てくる。それは、生きていたときの最後《さいご》の顔だ。そのてん、首なし女はどうだ？　首がないのが、生きていたときの最後の姿《すがた》か？　ちがうよな。」

「そうだな。」

「な。ちょっと考えれば、だれでもわかるだろ。だけど、いくら説明《せつめい》しても、わからないやつもいる。」

「涼がいってる塾《じゅく》の子たち？」

「私立中学《しりつちゅうがく》を受験《じゅけん》しようっていうやつらが、そんな不合理《ふごうり》にだまされたりしない。」

「じゃあ、いくら説明《せつめい》してもわからないやつって、だれだよ。」

「え？　それは……。」

といいかけて、一瞬《いっしゅん》、涼はだまった。それから、

「ま、いいか。べつに秘密《ひみつ》にしているわけじゃないし、それくらいいってもいいだろう。知里《ちさと》だよ。」

「知里、首なし女って、いると思ってるの？」

「ああ。今、おれがおまえにいったみたいなことを何度《なんど》いっても、納得《なっとく》しない。首なし女だけじゃない。知里は、トイレの花子《はなこ》さんだって、実在《じつざい》すると思ってるんだ。」

小学校低学年《ていがくねん》ならともかく、高学年になっても、トイレの花子さんが実在すると思っているなんて、そんなこと、ありえるだろうか。真田《さなだ》知里がトイレでおどかした女子はどうだかわからないけど、あれだって、とっさのことでビビっただけかもしれない。

ぼくはすぐには、返《かえ》す言葉《ことば》が出なかった。

ぼくがだまっていると、涼がいった。

「知里からきいていると思うけど、このあいだ、あいつ、トイレの花子さんのまねして、クラスの女子をおどかしたんだよ。自分で信《しん》じているだけに、『わたし、トイレの花子。』なんていうとき、すごくリアルだったのかも。」

「だけど、知里、トイレの花子さんを見たことあるのかな？」

「あるわけないだろ。トイレの花子さんなんて、いないんだから。トイレの花子さんって、霊《れい》じゃなくて、妖怪《ようかい》だぞ。妖怪なんて、いるわけないじゃん。」

「見たことないのに、どうして信じられるんだ？」

「知里は、じっさいに妖怪を見たことはない。でも、本人がいうには、見えなくても、そこにいるのがわかるんだって。」

「見たからいるってわけじゃなくて、見えなくても、わかるってこと？」

「まあ、そういうこと。今度《こんど》、知里にきいてみろよ。どうしてわかるんだって。きいても、納得《なっとく》できる答えは返《かえ》ってこないと思うけどな。」

たった一度《いちど》だけど、ぼくは霊を見たことがある。だから、涼には霊が見えるということも納得《なっとく》できる。

ぼくは、ふと気になって、きいてみた。

「知里は、おまえには霊《れい》が見えるってこと、知ってるのか。」

「いってないから、知らないと思う。」

「そうか。じゃ、もうひとつきくけど、涼の塾《じゅく》でうわさになってるっていう首なし女って、どんなやつなんだ？」

「みんな、信《しん》じてないのに、話だけは、おもしろがってするんだよな。それによると、出るのは、夜中とか明け方で、長い白い服《ふく》を着《き》ている。もちろん、首っていうか、首より上の顔とか頭はない。公園の池のまわりを歩いていると、前からくることもあるし、うしろからのこともある。ジョギングなんかしているときにも、会うらしい。スマホで写真《しゃしん》を撮《と》っても、うつらないってことだ。」

「じゃあ、もし首なし女がいても、木村さん、写真は撮れないな。」

「そういうこと。それから、もうひとつ、首なし女には、バリエーションがあるんだ。おれは、そっちのほうがぶきみだと思うけど、それ、ききたい？」

そんなふうにいわれたら、だれだってききたくなるだろう。

「どんな話？」

ぼくがうながすと、涼はいった。

「やっぱりあの公園の池のまわりが舞台《ぶたい》でさ。夜中に、ある人がくさむらで、何か白っぽいものを見つけたんだって。で、なんだろうと思って、近よってみたら、頭のないマネキン人形が、はだかでうつぶせになってたんだって。なあんだ、マネキン人形かと思って、その場をはなれようとしたら、そのマネキン人形、いきなり寝《ね》がえりをうち、あおむけになって、立ちあがった。びっくりして逃《に》げたら、そのマネキン人形が走って追《お》いかけてきて、ふりきるのがたいへんだったんだってさ。」

「でも、ふりきれたのか？」

「そうだろうな。ふりきるのがたいへんだったっていうんだから。にしても、ぶきみだろ？」

「そうかな。首なし女のほうがぶきみだよ。頭のないマネキン人形が走ってくるなんて、ありそうもないし。」

「首なし女だって、ありそうもない。そんなのの取材《しゅざい》なんて、木村さんもたいへんだろうなあ。」

それで、首なし女の話は終《お》わり、そのあと、今、進学教室《しんがくきょうしつ》でどんな問題《もんだい》をやっているかということをおたがい情報交換《じょうほうこうかん》して、電話を切った。

11　帰ってきた杏《あん》

火曜日の朝、ぼくが部屋《へや》で進学教室《しんがくきょうしつ》のしたくをしていると、スマホが鳴った。液晶画面《えきしょうがめん》を見ると、〈杏〉と出ている。

ぼくが電話に出ると、鞍森《くらもり》杏がいった。

「ごめんね。朝早くに。帰るの一日遅《おく》れちゃって、今、わたし新青森《しんあおもり》なの。これから新幹線《しんかんせん》で帰るから、東京《とうきょう》には午前中につく。うちに帰るのはお昼すぎになっちゃうけど、きょう、会える？　おみやげもあるし。」

杏の声は、このあいだ電話で話したときより、さらに明るかった。はしゃいでいるといってもいいくらいだ。

「三時でどうかな。杏のうちのマンションの前でもいいけど、おもちゃ屋《や》さんの裏《うら》の公園でどうかな。」

ぼくがそういうと、鞍森杏は、

「わかった。三時ね。じゃ、そのときに。」

といって、電話を切った。

約束《やくそく》の時間より五分早く、ぼくが公園にいくと、杏は先にきて、ベンチにすわっていた。小さな紙袋《かみぶくろ》をひざの上にのせている。初夏《しょか》っぽい、明るい水色の半そでのワンピースを着《き》ている。

鞍森杏は、ぼくとか翔《しょう》より背《せ》が高いし、そういうかっこうをしていると、小学生には見えない。

ぼくがきたのがわかると、杏は立ちあがった。

ぼくはそばにいって、

「元気そうで、安心《あんしん》した。」

といった。

「これ、おみやげ。リンゴのお菓子《かし》で、ちょっとしか入ってないけど。」

杏はそういって、ぼくに紙袋《かみぶくろ》をわたした。

ぼくはお礼《れい》をいってから、

「すわろうか。」

といい、

「うん。」

と、杏がベンチにすわってから、となりに腰《こし》をおろした。

「どうだった?」

とぼくがきいたのは、もちろん鞍森杏の不思議《ふしぎ》な力のコントロールについてだ。

鞍森杏はいった。

「弘前《ひろさき》じゃあ、腹《はら》が立つことなかったから、まだよくわからないけど、ちょっとはコントロールできるようになったかもしれない。そうそう。けさ、新青森の新幹線《しんかんせん》ホームで、どこかのおばさんに足をふまれたの。それで、その人、あやまらずにいっちゃったのよね。でも、ころんだりしなかったし。」

「なんか、コツみたいなのをおばあさんから習《なら》ったの？」

「まあ、コツっていえばコツみたいなもんだけど、頭にくることがあったら、まず深《しん》呼吸《こきゅう》をして、それから……。」

といって、鞍森杏はその先をいいよどんだ。

ぼくは、鞍森杏がしゃべりだすのを待《ま》った。

鞍森杏がベンチに両手《りょうて》をついて、青い空を見あげた。

ツバメが飛《と》んでいった。

「あ、ツバメだ。」

とつぶやいてから、鞍森杏が花壇《かだん》の花に目をうつして、いった。

「それから、今、わたしは腹《はら》を立ててるなって思うのよ。つまり、なんていうか、怒《いか》りを自覚《じかく》するといいみたい。」

「そうすると、頭にきたのがへるのかな。」

「そんな感《かん》じかな。でも、それとはべつのこともある。」

「べつのこと？」

「うん。たとえばさ、なんかにつまずいて、ころんだとするでしょ。そしたら、自分の不注意《ふちゅうい》でころんだにしても、ムカつくよね。でも、そのムカつきかたって、そのときどきでちがっていて、ものすごくムカつくときと、こんなところでころんじゃって、はずかしいなくらいにしか感《かん》じないことってあるでしょ。おばあちゃんがいうには、それって、そのときに体にたまっている怒《いか》りとか不満《ふまん》の量《りょう》によるんだって。なんか腹《はら》の立つことをかかえてると、ころんだとき、ころんだ怒りと、それまでにたまっていた怒りが合わさって、ころんだだけなのに、すごく腹が立つのよ。だから、不満とかをためこまないようにするといいって。」

ぼくは、鞍森杏が不満をためこんでいるとは思えないので、

「だけど、杏はいつも、頭にきていることがあるわけじゃないでしょ。」

といった。

鞍森杏はぼくに顔をむけて、いった。

「それが、そうでもないのよ。うちってさ、お母さんとおばあちゃんがうまくいってないし、それで、お母さんとおばあちゃんが電話で何か話すこともめったになくて、

わたしがおばあちゃんと連絡《れんらく》を取《と》りあったりするの、お母さんはいやがるから、おばあちゃんは、わたしのこととかが心配《しんぱい》で、それでシンにスパイみたいなことさせてること、翔ちゃんも知ってるよね。」

ぼくは、だまってうなずいた。

鞍森杏は言葉《ことば》をつづけた。

「お母さんとおばあちゃんがうまくいってないのは、お母さんとおばあちゃんの問題《もんだい》で、わたしの問題じゃない。お母さんがおばあちゃんのあとをつがず、祈禱師《きとうし》にならないのはお母さんのかってだけど、わたしがどうするかは、わたしの自由《じゆう》でしょ。わたしね、弘前からお母さんに電話をして、そういうこと、お母さんと話したの。これからは、おばあちゃんと電話で話したり、ひとりでおばあちゃんのうちにくるって、そういったんだ。将来《しょうらい》、祈禱師の道を選《えら》ぶかもって、それもいった。そしたら、体から、何かがすーってぬけていったような気がしたんだ。」

鞍森杏がいつか祈禱師になるかもしれないということは、心のどこかで、ぼくも感《かん》じていた。でも、こういうとき、ぼくはよく、いわなくてもいいようなこととか、いわないほうがいいようなことをいってしまいがちだから、だまっていた。

鞍森杏は、

「お母さんも、そういうことなら、わたしの好《す》きにしていいっていってくれたし、もうすぐゴールデンウィークでしょ。また、弘前にいこうと思うんだ。夏休みもね。おばあちゃん、新幹線代《しんかんせんだい》とか出してくれるって。」

といってから、ちょっとのあいだ、空を見ていたが、やがて、いくらか声を落《お》としていった。

「わたし、わたしの力について、いつか、涼《りょう》くんと知里《ちさと》にもいおうと思うんだ。あのふたりなら、いいふらしたりしないし。仲《なか》がいいのに、だまってるの、いやになっちゃった。」

ぼくも、そのほうがいいと思った。

鞍森杏は、ゴールデンウィークと夏休みに弘前にいくようだけど、話の感《かん》じからして、弘前にいったきりになったりはしなそうなので、ひとまずぼくは安心《あんしん》した。

「いろんなことがいい方向《ほうこう》にいきそうで、よかったね。」

ぼくがそういうと、鞍森杏は、

「そうみたい。」

といってから、ぼくにきいた。

「わたしがいないあいだ、何か、かわったことあった？」

「あったっていえばあったし、ないっていえばないかな。」

「何、それ？　あったの？　なかったの？」

「ぼくと涼の知り合いで、木村《きむら》さんっていうフリーのカメラマンっていうか、本人はジャーナリストっていってるけど、そういう人がいて、その人がこのへんで首なし女の取材《しゅざい》をはじめたんだ。杏は、首なし女のうわさって、きいたことある？」

「うん。知里からきいた。いつだったかな。一学期《がっき》がはじまってすぐのころだったと思う。」

「涼は……、」

とそこまでいって、ぼくは、

「霊《れい》が見えるのに、首なし女なんていないっていってる。」

といいそうになり、〈霊《れい》が見えるのに〉のところをぐっとのみこんで、

「首なし女なんていないっていってる。」

とだけいった。そして、そのあと、

「杏はどう思う？」

ときいてみた。

「首なし女かあ……。」

といって、杏はまた空を見た。でも、すぐに視線《しせん》をぼくにもどした。

「弘前、っていうか、青森《あおもり》にはいろんな不思議《ふしぎ》な話が伝《つた》わってるけど、おばあちゃんから首なし女の話はきいたことないしなあ。」

「首なし女が出ても、杏のおばあさんなら、祈禱《きとう》で撃退《げきたい》しちゃうのかな。」

やっぱり、くだらないことをいってしまった。

ぼくはとっさにそう思ったけど、杏は気にするようすもなく、

「首なし女はどうかわからないけど、人間の悪霊《あくりょう》とか、悪《わる》い動物霊《どうぶつれい》なんかにとりつかれた人の除霊《じょれい》はするよ。でも、おばあちゃんがいうには、そういうのって、たいてい

心の問題《もんだい》なのに、祈祷《きとう》でなおっちゃうこともあるんだって。ほんとうに悪《わる》い霊《れい》がとりつくことなんて、めったにないらしい。」

「めったにないってことは、たまにはあるってこと？」

「そりゃあ、あるでしょ。人間のだって、動物《どうぶつ》のだって、悪い霊はいるよ。いれば、なんかのアプローチをしてくることだって、あるんじゃない？」

たしかに、人間の霊だっているんだし、動物の霊だって……。

そこまで思って、ぼくは、

「あっ！」

と声をあげてしまった。

トラウムのことを思い出したのだ。

トラウムは死《し》んだあと、すぐ霊になってぼくの前にあらわれた！

「どうしたの？」

と杏がぼくの顔をのぞきこんだ。

「ちょっと気づいたことがあったんだ。」

といってから、ぼくは頭を高速回転《こうそくかいてん》させた。

トラウムの霊《れい》のことを話せば、いきおい、涼に霊が見えることも話す方向《ほうこう》にいってしまう。

ぼくはとっさに頭に浮《う》かんだことを口にした。

「ほら、キツネとかタヌキとか、人を化《ば》かすっていうじゃないか。あれって、生きているキツネとかタヌキがやるんだよね。」

「そういうこともあるみたいなんだよね。だから、悪《わる》さをしているのが、生きている動物《どうぶつ》なのか、死んだ動物の霊なのか、わかりにくいんだって。おばあちゃんがそういってた。」

涼や鞍森杏といっしょにいると、不思議《ふしぎ》なことがあたりまえのことのように思えてくる。

ぼくはいった。

「今もいったけど、涼は首なし女なんていないっていうんだ。それで、頭のないマネキン人形が人を追《お》いかけてくる話をして、そっちのほうがぶきみだってさ。」

「それはまたべつの種類《しゅるい》の話ね。」

「べつの種類って?」

「ものって、古くなると、悪《わる》さをするようになるらしいよ。付喪神《つくもがみ》っていってさ。それ、古いマネキン人形が妖怪《ようかい》になったんだよ。」

「古いマネキン人形?」

「うん。だけど、このごろのマネキン人形って、はじめから顔とか頭がついてないから、そのマネキン人形って、案外《あんがい》新しかったりして。」

鞍森杏はそういって笑《わら》った。

付喪神とかいって、古いマネキン人形が妖怪になったなんていったくせに、鞍森杏はマネキン人形のことは笑《わら》い話《ばなし》としか思ってないようだった。

12　男女の声

その日、パパは明るいうちに帰ってきた。

マンションだと、たいていダイニングキッチンとリビングルームは、ドアなしでつながっている。うちもそうだ。

夕飯《ゆうはん》が終《お》わって、パパが、

「雪《ゆき》ちゃん。野球《やきゅう》でも見ようか。きょうは、スワローズはどことだっけ？」

といったとき、キッチンがちょっと暗《くら》くなった。

母さんは雪子《ゆきこ》という名で、パパは母さんを〈雪ちゃん〉と呼《よ》ぶ。

いくらか暗くなったキッチンに目をやり、母さんがいった。

「とうとう、ひとつだめか。このあいだから、調子悪《ちょうしわる》かったのよね。」

「電球《でんきゅう》が切れたのか。LED《エルイーディー》だろ？　けっこう寿命《じゅみょう》は長いんだけど、切れるときは切れるからな。ええと、かえ用のがあったはずだ。」

パパがそういって、立ちあがりかけると、母さんがいった。

「ごめん。このあいだ、ひとつ切れて、切らしちゃったんだ。」

ぼくは、母さんのいっていることがすぐにはわからなかった。それは、パパも同じだったみたいで、腰《こし》をあげかけたところで止まり、

「ひとつ切れて、切らしちゃった？」

といってから、

「あ。そういうことか。ひとつ電球がだめになって、予備《よび》を使《つか》っちゃって、もうないってことね。それなら、買ってこないとだな。まだ、電気屋《でんきや》さん、開《あ》いてる時間だろ。ちょっといってくる。」

といって、立ちあがった。

パパはこういうとき、けっして、

「なんだよ、しょうがないな。予備《よび》がなくなったら、すぐ買っておきなよ。」

などとはいわない。

立ちあがったパパを見て、母さんがいった。

「あした、わたしが買ってくるからいいよ。巡《めぐる》さん、疲《つか》れてるでしょ。電球《でんきゅう》がひとつくらい切れたって、ちょっと暗《くら》くなるだけだし。気になるなら、キッチンの電気、ぜんぶオフっちゃえばいいのよ。」

「いや、疲れてなんかないし、買ってくるよ。」

というパパに、母さんは、

「いいじゃない。あしたで。いっしょに、スワローズ、見ようよ。」

といってから、ぼくの顔を見た。

うちの前の道を学校とは反対《はんたい》のほうにいくと、大通りとの交差点《こうさてん》のところに、デパートがある。ちょっと前に、その五階《かい》に電気製品《でんきせいひん》の量販店《りょうはんてん》が入った。うちからデパートまでは、歩いて五分だ。

母さんがぼくの顔を見たのは、パパとテレビでナイターを見たいから、買ってこい、という意味《いみ》だ。

「わかったよ。買ってくるよ。」

ぼくがそういうと、パパはちらりと母さんを見てから、ぼくに、

「そうか。悪《わる》いな。じゃあ、そうしてもらおうか。」

といって、キッチンにいき、切れた電球《でんきゅう》をはずした。そして、それをぼくにわたしながら、いった。

「できれば、同じメーカーの同じ製品番号《せいひんばんごう》のがいいが、類似品《るいじひん》でもいい。予備《よび》もいるから、ふたつ買ってきてくれ。」

パパは財布《さいふ》を持《も》ってきて、中から一万円札《いちまんえんさつ》を一枚《まい》出し、ぼくにわたした。

母さんはダイニングテーブルの席《せき》を立って、ソファーにすわりなおした。

「電気屋《でんきや》さん、逃《に》げないから、いそがなくていいからね。そうだ。デパートの八階に本屋さんがあるよね。ついでに見てくれれば。あ、それから、ほかに買ってきてほしいもの思いついたら電話するから、スマホ、持《も》ってってね。」

母さんの声に送《おく》られ、ぼくはうちを出た。

空はまだ、ちょっとだけ明るかった。

母さんが、いそがなくていいから、本屋《ほんや》をついでに見てこいといったのは、たぶん、パパとふたりでゆっくりナイターを見たいということだろう。うちは、ケーブルテレビのオプション契約《けいやく》で、プロ野球《やきゅう》の試合《しあい》は開始《かいし》から終了《しゅうりょう》まで、ぜんぶ見ることができる。

それから、うちは、雑誌《ざっし》やコミックスもふくめ、本を買って、領収証《りょうしゅうしょう》をパパにわたせば、お金をもらえることになっている。LED《エルイーディー》電球《でんきゅう》をふたつ買っても、一万円あれば、本を何冊《なんさつ》か買うお金は残《のこ》る。

ぼくはパパに、その本をじっさいに読んだかどうか、きかれたことはない。

四月になったばかりのころ、夜、三人で都立公園《とりつこうえん》近くのイタリアンレストランにいったことがある。そのとき、となりの席《せき》に、中学生と小学校低学年《ていがくねん》くらいの女の子ふたりとその両親《りょうしん》らしい男女が先にきていた。たぶん家族《かぞく》だ。

帰りがけに、小さいほうの女の子が、何かの図鑑《ずかん》を買ってほしいといった。すると、父親らしい男が、

「いいんじゃないか。それで、勉強《べんきょう》する気が出るんだったら。」

といったのだ。

そのとき、パパはカニのパスタを食べていた。

フォークを持《も》つパパの右手が止まった。

パパは父親らしい男をちらりと見た。そして、すぐにまたカニのパスタを食べはじめた。

四人《よにん》家族《かぞく》が席《せき》を立ち、いってしまうと、パパが出口のほうに目をやって、つぶやいた。

「バカか、あいつは。図鑑《ずかん》を一冊《さつ》読んだくらいで、勉強する気が出るなら、だれだって東大《とうだい》に入れる。」

すると、そのとき、母さんが、

「そうよね。翔《しょう》なんて、図鑑、大好《だいす》きで、キノコの図鑑だって持《も》ってるくらいだから、このぶんだと、オックスフォード大学とか、マサチューセッツ工科大学にいっちゃうかも。」

といい、パパがプッと笑《わら》った。

たしかに、ぼくはキノコの図鑑《ずかん》を持《も》っている。

ぼくは図鑑が好《す》きだし、パパも子どものときに、図鑑好きだったらしい。ついでにいっておくと、パパが卒業《そつぎょう》した大学は私立《しりつ》だ。

それはともかく、今、パパは疲《つか》れた体で電気屋《でんきや》さんにいかずにすみ、母さんはパパと〈ふたりきり〉でナイターを見られる。そして、ぼくは、図鑑ではないけれど、このあいだからほしかった本をゲットできる。こういうのを、エブリバディー・ハッピーというのだ。

そんなわけで、ぼくはデパートの五階《かい》でLED《エルイーディー》電球《でんきゅう》をふたつ買ってから、八階にいった。それで、目当ての本を二冊《さつ》買い、お金をはらったあと、ほかの本を立ち読みしていたところで、デパートの閉店時間《へいてんじかん》を知らせる館内放送《かんないほうそう》がきこえた。

エスカレーターで一階におり、外に出ると、暗《くら》くなっていた。

ぼくの住《す》んでいる町は、デパートもあるくらいだけど、都心《としん》とはちがい、そのデパートが閉《し》まる時間をすぎると、デパートより西側《にしがわ》、つまり駅《えき》とは反対方向《はんたいほうこう》は、いっきに人通りがへる。

デパートの横《よこ》に、コミュニティーバスの停留所《ていりゅうじょ》がある。そこをとおりこして、小さな十字路《じゅうじろ》をとおりすぎたときだった。

荷物《にもつ》を積《つ》んだキャリーを押《お》している宅配便《たくはいびん》の配達員《はいたついん》とすれちがった。

ゴロゴロ……。

キャリーの車輪《しゃりん》の音がきこえ、それが突然《とつぜん》止まった。

荷物が落《お》ちて、配達員がキャリーを止めたのだろうか。

歩きながら、なんとなくふりかえると、配達員のうしろ姿《すがた》が遠ざかっていく。

車輪の音がしない。

あたりが無音《むおん》の世界《せかい》になったのだ。

次《つぎ》の瞬間《しゅんかん》、べつの音がきこえてくるにちがいない。いつだって、そうだ。

ぼくは立ちどまった。

無音になってから、最初《さいしょ》にきこえたのは女の人の声だった。

「え？　何、あれ。」

つづいて、男の人の声。

「なんだよ。いきなり立ちどまって。」

「だって……。ほら。」

「なんだよ……。あっ！」

そのあと、何もきこえなくなった。いや、何もではない。遠くで車が走る音がした。その音にまじって……。

コツ、コツ、コツ……。

靴音《くつおと》が近づいてくる。

母さんがヒールの高い靴で歩くと、そういう音がするときがある。

コツ、コツ、コツ……。

靴音がだんだん大きくなっていき、しだいにまた小さくなっていった。

やがて、靴音がきこえなくなった。

だれかが近づいてきて、それから遠ざかっていったのだ。

靴音がきこえなくなった数秒後《すうびょうご》、さっきの女の人の声がした。

「今の人……。」

それから、一、二秒たって、男の人の声。

「首、なかったよな、今の女……。」

「どういうこと？」

「どういうことって……。」

そのとき、前からコミュニティーバスが走ってくるのが見えた。

ぼくのすぐそばをとおりすぎるとき、いきなりバスのエンジン音がきこえた。

周囲《しゅうい》の音がもどってきたのだ。

ぼくはあたりを見まわした。

声からすると、女も男も若《わか》い人みたいだった。大学生くらいのカップルだろうか。

ぼくは、十字路《じゅうじろ》の四方を見た。

駄菓子屋《だがしや》さんの店員《てんいん》が外で、中年の男の人と話しているのと、ブティックの女の店員がシャッターを閉《し》めているのが見えた。それ以外《いがい》、どちらの方向《ほうこう》にも人の姿《すがた》はない。

ぼくの視覚《しかく》と聴覚《ちょうかく》の時間差《じかんさ》は、せいぜい数十秒《すうじゅうびょう》か数分だと思う。ということは、ついさっきまで、大学生くらいのカップルがそこにいて、交差《こうさ》する道のどちらからかわからないけど、だれかがやってきて、去《さ》っていったということになる。

ぼくはもう一度《いちど》、四方を見まわした。

コミュニティーバスの赤いテールランプが明るさをました。デパートの横《よこ》の停留所《ていりゅうじょ》に停車《ていしゃ》したのだ。

駄菓子屋《だがしや》さんの店員《てんいん》が店にもどろうとし、中年の男の人がこっちにむかって歩きだした。

ブティックの女の店員がシャッターを閉《し》めおわったところだ。

そのほかに、人は見えない。

時間差で声や音がきこえたとき、ぼくはそれを頭の中で正確《せいかく》に再現《さいげん》できる。声ならば、声色《こわいろ》はまねできなくても、言葉《ことば》は一字一句《いちじいっく》たがわずに、いうことができる。

「え？　何、あれ。」

「なんだよ。いきなり立ちどまって。」

「だって……。ほら。」

「なんだよ……。あっ！」

そして、コツコツと靴音《くつおと》が近づいてきて、遠ざかった。

「今の人……。」

「首、なかったよな、今の女……。」

「どういうこと？」

「どういうことって……。」

もし、ふたりの男女が路上《ろじょう》で、ホラーの映画《えいが》とかお芝居《しばい》のせりふの練習《れんしゅう》をしていたのでないとすれば、ふたりのそばを首のない女がとおりすぎていったことになる……。

13 意見《いけん》をかえた涼《りょう》

ぼくは、今起《お》こったことをすぐに涼に知らせようと思った。

ポケットからスマホを引っぱりだし、涼に電話をかけ、

「やっぱり、首なし女はいるんだ。だって、首なし女を見たカップルの声を時間差《じかんさ》できいたんだから。」

といってから、今いる場所《ばしょ》をいって、自分がデパートを出てからのことをすべて話した。

すると、涼はいった。

「おれは、おまえが時間差でカップルの声と、それから靴音《くつおと》をきいたということは疑《うたが》

わない。だけど、だれかが三人で劇《げき》の練習《れんしゅう》をしていた可能性《かのうせい》もあるし、通行人あいてのパフォーマンスをしていたのかもしれない。」

「三人って？　声はふたりだけど。」

ぼくがそういうと、涼は、

「三人だ。カップルのほかに、靴音《くつおと》の役《やく》がいるだろ。こういうのはどうだ。ひとりが、それはべつに男でも女でもいいけど、えりもとから顔を出さないで、ワンピースみたいな服《ふく》を着《き》る。そして、首なし女のかっこうで、靴音をたてて歩く。カップル役のふたりがそれとすれちがって、おまえが再現《さいげん》したせりふをいう。首なし女の役のやつが歩いて遠ざかる。そうすれば、おまえがきいたとおりになるだろ。」

けれども、涼はすぐにそれを否定《ひてい》した。

「ちがうな。そんなの、音できけば、ちょっとぶきみかもしれないけど、じっさいにそばで見たら、ばかばかしいだけで、こわくもなんともない。コントにもなってない。それに、ほかの音は車の音くらいしかきこえなかったんだろ。だとすると、まわりに人はいなかったということになる。いれば、話し声くらいはきこえるはずだ。

ずっとだまって、そんなくだらないコントを見ているはずはない。劇《げき》の練習《れんしゅう》なら、いくら人通りがへっていても、コミュニティーバスだってとおるんだ。そんなところで、するか？　ほら、おもちゃ屋《や》さんの裏《うら》の公園。あそこなら、通りから見えにくい。あそこでやるだろ。ってことは……。」

涼が言葉《ことば》をとぎらせた。

ぼくは先をうながした。

「ってことは、なんだよ。」

「ってことは、首なし女は実在《じつざい》するかもしれないってことだよ。」

時間差《じかんさ》で声をきいたときには、ぼくはあまりこわいとは感《かん》じなかった。でも、涼がそういったとき、ぼくの背中《せなか》に冷《つめ》たいものが走った。

ぼくは、自分がなぜ涼に電話したのか、わかった。もちろん、時間差できいたことを涼に知らせたかったからだが、それだけではなかったのだ。

「そりゃあ、おまえ。だれかがいたずらしたんだよ。」

といって、首なし女なんていないということをいってほしかったのだ。

ぼくはいった。

「なんだよ、今さら。おまえ、首なし女は、首なしで生きていたことになって、そんなやつはいないって、そういったじゃないか。」

「だけど、おまえが時間差《じかんさ》できいたことから考えたら、首なし女は実在《じつざい》するってことになるだろ。おまえの話をきいて、意見《いけん》をかえたんだから、今さらなんだって、もんくをいわれてもなあ。おれはさ、首なし女は、原理的《げんりてき》に存在《そんざい》しないといっただけだ。原理的にありえなくても、出てこられちゃあなあ。」

「出てこられちゃあなあって、そんな、気楽に考えをかえるなよ。」

「ほかのやつならべつだけど。おまえがいってるんだから、疑《うたが》えないだろ。首なし女はいる。でもさ、首なし女って、ふつうの霊《れい》が持《も》っているような深刻《しんこく》さに欠《か》けるよな。この世《よ》に思《おも》い残《のこ》すことがあって、さまよっているというような、なんていうかな、そういうのが見えてこない。だから、こっちがなんとかしてやりたくなるような、そういう気持ちには、なりにくいよな。で、首なし女が実在するとして、おまえ、どうしたいの？　だきついてみたいとか？」

「んなこと、あるわけないだろ。」
「じゃあ、だきつかれたいとか？」
「まさか。こっちはまじめにいってるんだ。ふざけたこと、いうなよ、首なし女とし
たいことなんて、あるわけないだろ。」
「首がある女となら、したいことがあるのか？」
「ないよ！」
ぼくが断言《だんげん》すると、涼は、
「おれはあるよ。アユと結婚《けっこん》したい。っていうか、するけどな。」
こいつ、さっぱりした性格《せいかく》だと思っていたけど、ほんとは粘着質《ねんちゃくしつ》なんじゃないだろ
うかと、ぼくが思ったとき、涼がいった。
「したいことも、されたいこともないなら、首なし女なんて、ほうっておけばいい
じゃないか。それでも気になるなら、知里《ちさと》に相談《そうだん》してみたら？　あいつ、そういうの
にくわしいからな。でもさ、相談するんだったら、おまえが時間差《じかんさ》で音がきこえるこ
と、知里にだまっているわけにはいかないよ。」

ぼくは、真田《さなだ》知里になら、時間差《じかんさ》で音がきこえることをいってもいいと思った。ぼくが通《とお》り魔《ま》に刺《さ》されたとき、真田知里はいっしょに救急車《きゅうきゅうしゃ》に乗《の》って、ついてきてくれたのだ。

「知里にきいてみるんだったら、あしたの朝、三十分早く出て、おもちゃ屋《や》さんの裏《うら》の公園でどうだ？　おれもいっしょにいく。」

時間差で音がきこえることを話すなら、鞍森杏《くらもりあん》にもいわなければと思い、ぼくはいった。

「だったら、杏も呼《よ》んでいいかな。」

「おれはかまわない。これから、知里に電話して、あした三十分早く出られるかきいてみる。そこで三分待《ま》ってろ。すぐ連絡《れんらく》する。」

涼はそういって、電話を切った。

三分もたたないうちに、涼から電話がかかってきた。

「知里、くるって。『なんか、だいじな話があるの？』ってきかれたから、翔《しょう》に直接《ちょくせつ》きいてくれっていっておいた。」

「わかった。」

といって、電話を切ったあと、ぼくは考えた。

あした、真田知里に話す前に、鞍森杏にぼくの秘密《ひみつ》を打《う》ちあけておいたほうがいいだろうか。鞍森杏はぼくに、自分の秘密を話してくれているのだし。

うちにむかって歩きながら、ぼくは鞍森杏に電話をかけた。

数回、呼《よ》びだし音《おん》がきこえたあと、留守電《るすでん》になった。

「ちょっときいてほしいことがあるんだ。あした、三十分早く出て、おもちゃ屋《や》さんの裏《うら》の公園にこられるかな。涼と知里もくることになってるんだ。」

ぼくはメッセージを残《のこ》して、電話を切った。

留守電で打ちあけ話はしない。

うちに帰ると、パパと母さんはテレビでナイターを見ていた。

ぼくは、パパと母さんに、視覚《しかく》と聴覚《ちょうかく》の時間差《じかんさ》のことをいってない。話せば心配《しんぱい》するだろうし、お医者《いしゃ》にいっても、原因《げんいん》なんか、わかりっこないからだ。

その夜、パパが電球《でんきゅう》を交換《こうかん》し、それから三人でナイターを見たあと、部屋《へや》にもどってスマホを見ると、鞍森杏からショートメッセージが入っていた。

〈ごめん。お風呂《ふろ》に入っていた。あした、OK《オーケー》です。〉

スマホを使《つか》って、電話で話したことがあるけれど、鞍森杏からショートメッセージをもらうのは、はじめてだった。

なんだか新鮮《しんせん》な感《かん》じがした。

14　集合《しゅうごう》

翌朝《よくあさ》、ぼくたちはおもちゃ屋《や》さん裏《うら》の公園で集合した。

涼《りょう》と鞍森杏《くらもりあん》が真田知里《さなだちさと》をはさんでベンチにすわり、ぼくはその前に立った。そして、

「これは、涼はもう知っていることだけど。」

と前置《まえお》きして、視覚《しかく》と聴覚《ちょうかく》の時間差《じかんさ》のことを告白《こくはく》した。その例《れい》として、廊下《ろうか》でふたりの女子が真田知里のことを話しているのを時間差できいたことをいった。そのあとで、きのうのできごとを話した。

ひととおり話が終《お》わると、鞍森杏は、

「あとからきこえるって、そういうことって、あるかもね。だけど、首なし女って、やっぱりいるのかあ。」

といい、真田知里は、

「首なし女くらい不思議《ふしぎ》じゃないけど、音とか声とかが、あとからきこえるって、すごいね。」

といった。

ふたりとも、ぼくがいったことを信《しん》じてくれたけど、視覚《しかく》と聴覚《ちょうかく》の時間差《じかんさ》のことと首なし女のことでは、少し感想《かんそう》のちがいがあった。

話は十分くらいで終《お》わってしまった。

涼ははじめから知っていたから、驚《おどろ》くはずはないけれど、鞍森杏と真田知里がぜんぜんびっくりしなかったのは意外《いがい》だった。

鞍森杏が、

「ちょうどいい機会《きかい》だから、わたしも、知里と涼くんに話すことがあるんだ。翔《しょう》ちゃんは知ってるんだけど……。」

といって、おばあさんが祈禱師《きとうし》をしていることや、おばあさんとお母さんがうまくいってないこと、それから、自分も祈禱師の道に進《すす》もうとしていることを話してから、自分の不思議《ふしぎ》な力を告白《こくはく》した。

鞍森杏が転校《てんこう》してきたとき、からかった男の子のおなかが痛《いた》くなったことも、通《とお》り魔《ま》が自転車《じてんしゃ》でころんだことも、それから、クラスの女子ふたりがころんだことも、ぜんぶ自分がやったことだといった。

それをきいて、涼は、

「そういえば、通《とお》り魔事件《まじけん》のとき、犯人《はんにん》のころびかた、へんだったよなあ。そういうことだったのか。」

といっただけで、べつに不思議がったりしなかった。

自分だって、霊《れい》が見えるのだから、鞍森杏の超能力《ちょうのうりょく》みたいな不思議な力は、ぜんぜん不思議に感《かん》じないのかもしれない。

真田知里は、

「動物《どうぶつ》だって、そういうことするやつがいるよ。そういう力がある人間がいても、ぜんぜん不思議《ふしぎ》じゃない。あ、ごめん。杏を動物《どうぶつ》といっしょにしちゃって。」

といってから、

「ほんとをいうと、わたしにも、ちょっとかわった力があるの。」

といい、それを告白《こくはく》した。

「わたしね。見なくても、そばにだれかがいることがわかることがあるんだ。いつもそうだっていうんじゃないけど。杏には、あれ、ほんとはわたしがやったんだっていってなかったけど、ほら、トイレで花子《はなこ》さんのふりをして、いたずらしたことがあったでしょ。あれ、あの子がトイレに入るところを見たわけじゃないんだ。見たんじゃなくて、わかったの。トイレの前をとおったとき、あの子がいることがわかったのね。それで、のぞいてみたら、だれもいなくて、ドアがひとつしか閉《し》まってなかったから、その前にいって、花子さんのふりをしたってわけなんだ。それで、あの子がめちゃくちゃこわがったのも、わかった。」

そういえば、そのときのことを真田知里は、あのとき、あの子がトイレにいるのがわかったとはいったが、見たとはいってなかった。

「あれ、知里がやったのかあ。」

といってから、杏は知里にきいた。

「見えるんじゃなくて、わかるの？　気配《けはい》みたいなもの？」

真田知里は答えた。

「ほら、だれかがこっちを見てるなって感《かん》じて、ふりむくと、ほんとにだれかに見られていることってあるじゃない。ああいうやつの、もっと強いやつって感じかな。うしろからなのに、見てるのがだれだかも、わかっちゃったりするんだ。あいてが人間のときは、その人のことをわたしがきらいだったり、むこうがこっちをきらいだったりすることが多いんだよ。」

ぼくはおもわずきいてしまった。

「人間のときはって、じゃあ、人間じゃないこともあるの？」

真田知里は即答《そくとう》した。

「あるよ。」

ぼくは涼の顔を見た。

涼が小さくうなずいた。

ほらな、という顔をしている。

真田知里がぼくにいった。

「通《とお》り魔《ま》が出たとき、あそこにいたのは、犯人《はんにん》だけじゃなかったと思う。ううん、思うんじゃなくて、犯人のほかにもいたんだ。見えたわけじゃないけど、動物《どうぶつ》みたいなのが犯人の自転車《じてんしゃ》のうしろから走ってきたのがわかった。何度《なんど》もいうけど、見えたんじゃない。わかったんだ。中型犬《ちゅうがたけん》くらいの大きさで、首としっぽが長いやつ。」

「何、それ？」

「たぶん、イタチよ。っていうか、イタチの妖怪《ようかい》。涼ちゃんにいうと、ばかにするからいわなかったけど、あのとき、通り魔さわぎで、イタチの妖怪どころじゃなかったでしょ。だから、翔くんにもだまっていた。でもさ……。」

そういって、真田知里がぼくの目を見たとき、ぼくはぞっとした。いや、真田知里の目にぞっとしたわけじゃない。あのとき……。

真田知里がぼくにいった。

「わたし、いっしょに救急車《きゅうきゅうしゃ》に乗《の》ってて、見たの。あの日、翔くん、ジーンズだったよね。それから、通《とお》り魔《ま》に刺《さ》されたの、右腕《みぎうで》だったよね。でも、ジーンズの右のふとももに、刃物《はもの》で切ったみたいなあとがあったよね。血《ち》は出てないみたいだったけど。」

たしかにそうなのだ。あの日、うちに帰ってから、ジーンズの右のふとももあたりに、カッターで切ったみたいな傷《きず》があった。穴《あな》があくほどじゃなかったけれど。

鞍森杏がつぶやいた。

「かまいたち……。」

かまいたちというのは、姿《すがた》を見せずに近よってきて、脛《すね》なんかを切っていく妖怪《ようかい》だ。

真田知里がうなずいた。

「たぶんね。」

涼がいった。

「首なし女だけじゃなくて、かまいたちもかよ。」

真田知里が涼を見て、首をふった。

「ううん。そうじゃないと思う。」

涼がベンチから立ちあがって、真田知里にいった。

「そうじゃないって、じゃあ、どうなんだよ。」

「首なし女とかまいたちじゃなくて、なんていうか、それ、同じやつなんじゃないかなって。」

「同じやつって、かまいたちと首なし女が？」

そういったのは、ぼくだった。

真田知里が涼からぼくに視線《しせん》をうつして、答えた。

「うん。わたし、さっき、首なし女のことを翔くんからきいて、そうじゃないかって気がしてきたんだ。なんか手ごわいやつがいて、もしかしたら、通り魔《とおりま》の犯人《はんにん》も、そいつが憑依《ひょうい》していたんじゃないかって。そいつが犯人に、通り魔をやらせていたんじゃないかって。もちろん、犯人だって、自分が何をしているかわかっていただろうし、そういうことをしたいっていう気持《きも》ちがあったから、とりつかれちゃったんだと思うんだ。でね……。」

真田知里がいいよどんだ。

ぼくは先をうながした。

「で、何?」

真田知里がいいにくそうにいった。

「翔くん。犯人《はんにん》が杏の服《ふく》を切ろうとしたの、じゃましたことになるよね。その腹《はら》いせに、そいつ、翔くんのジーンズを切ろうとしたんだ。でも、ちゃんと切れなくて、傷《きず》がついただけだった。もし、首なし女とかまいたちが同じやつだったら、次《つぎ》に翔くんを見つけたら……。」

その先は涼がいった。

「仕返《しかえ》ししようとするかもしれない……。」

真田知里がうなずくと、涼がいった。

「でもさ。それって、かまいたちと首なし女が同じやつだとしてだろ?」

いつになく、真田知里がいいきった。

「同じやつよ!」

ぼくだったら、女の子に強く主張《しゅちょう》されたら、

「じゃあ、そうなのかもしれないね。」

といってしまうかもしれない。でも、涼は引きさがらなかった。

「なんで、そんなこと、わかるんだよ。」

「わかるよ。妖怪《ようかい》って、縄張《なわば》りみたいなのがあるんだよ。ひとりの妖怪の縄張りに、ほかの妖怪が入ってくることなんて、ほとんどないんだ。だから、かまいたちと首なし女は同じやつよ。ふたり以上《いじょう》になるのは、人間がお祭《まつ》りみたいなことをして、さわいでいるときだけなんだ。なんだろうって、いろんな妖怪もきちゃうんだと思う。そうじゃなかったら、ひとりの妖怪の縄張りに、ほかの妖怪が入ってくることはないのよ。両方《りょうほう》ともトイレに出るおばけだけど、トイレの花子さんとむらさきばばあがいっしょに出たって話、きいたことある？」

「そうかあ……。」

涼がベンチにすわりなおしたところで、鞍森杏が真田知里にきいた。

「人間がお祭りみたいなことをして、さわいでいると、妖怪がくるの？」

「いつもじゃないけどね。」

真田知里が答えると、鞍森杏がいった。

「じゃあさ。そいつ、おびきだして、やっつけてやろうよ。わたしがそいつをこの町から追放《ついほう》してやる。それだけじゃない。二度《にど》と翔ちゃんに近よらないように、こらしめてやる。」

こらしめるなんて、ずいぶん古い言葉《ことば》だなあ……。

ぼくがそう思ったとき、鞍森杏がいった。

「こらしめるって、よくおばあちゃんが使《つか》う言葉なんだけど、こりて、二度と同じことをしようって思わないようにさせること。わたしが、そいつをこらしめる。」

「どうやって、こらしめるの？」

真田知里がきくと、鞍森杏は答えた。

「それはまだわからないけど、そいつが出てきたら、きっとできる。」

今度は、涼が鞍森杏にきいた。

「だけど、お祭《まつ》りって、いつ？」

「都立公園《とりつこうえん》の動物園《どうぶつえん》があるほう。こどもの日に、野外コンサートがあるのよ。コンサートっていっても、音楽大学の学生がきて、何人かずつグループになって、公園のあちこちで演奏《えんそう》するのね。このあいだ、市の広報誌《こうほうし》にのってた。夕方の六時から八時までだったかな。そこに、みんなでいってみるっていうのはどう？　わたし、ゴールデンウィークには、おばあちゃんのうちにいくことにしているけど、五月五日の夕方までには帰ってくる。おばあちゃんに、妖怪退治《ようかいたいじ》の方法《ほうほう》もきいてくる。」

鞍森杏はそういうと、立ちあがって、

「じゃ、そういうことで、学校にいこうか。」

といったのだった。

15　五月五日の夜に

ゴールデンウィーク前の何日かのあいだ、ぼくたち四人がそろって学校から帰ることはなかった。だれかの委員会《いいんかい》が入っていたり、だれかが図書室に用があったり、だれかが先生に呼《よ》ばれたりで、ぼくがひとりで帰るときもあった。

ぼくたちは、学校では、首なし女やかまいたちのことを話題《わだい》にすることはなかった。

ゴールデンウィークの前半で、うちは岩手県《いわてけん》の盛岡《もりおか》に旅行《りょこう》にいった。涼《りょう》のうちは千《ち》葉県《ばけん》の鴨川《かもがわ》に、五月二日から四日までいくといっていたから、ぼくと涼が同時に東京《とうきょう》にいた日は、ほとんどなかった。

真田知里《さなだちさと》の両親《りょうしん》は美容師《びようし》だから、ゴールデンウィークなんて関係《かんけい》ないらしい。

そういうことで、ぼくたちは九日ぶりに、都立公園《とりつこうえん》の西園《にしえん》と呼《よ》ばれている、動物園《どうぶつえん》と遊園地《ゆうえんち》があるほうで、五月五日の午後四時に集《あつ》まった。集合場所《しゅうごうばしょ》は、フェネック舎《しゃ》の前だった。

ぼくは時間より少し早くいったのだけど、涼と真田知里はもうきていた。

鞍森杏《くらもりあん》は、四時ちょっと前にきて、

「ごめん。もっと早くこようと思ったんだけど、東京駅《とうきょうえき》からの電車がおくれちゃってさ。みんなにおみやげを買ってきたんだけど、今度《こんど》いっしょに学校から帰るとき、うちから取《と》ってきてわたすね。リンゴのパイの紙袋《かみぶくろ》を持《も》って、妖怪退治《ようかいたいじ》もないからね。」

といった。

たしかに、かまいたちとか首なし女が、リンゴがにがてだとは思えない。

涼が冗談《じょうだん》っぽく、

「妖怪退治の呪文《じゅもん》とか、おばあさんに習《なら》ってきた？」

ときくと、鞍森杏は、

「習《なら》ってきてなんかないよ。おばあちゃんには話してないし。」

といってから、みんなの顔を見まわして、いいたした。

「だいじょうぶだよ。滝《たき》にうたれて、修行《しゅぎょう》してきたから、かまいたちくらい、楽勝《らくしょう》だよ。」

「ほんと？　滝にうたれてきたの？」

真田知里がきくと、鞍森杏は笑《わら》って、いった。

「んなわけ、ないじゃん。おばあちゃんちの近くに滝なんてないし。それより、知里。かまいたちが近くにきたら、ちゃんと気づいて、どこにいるか、わたしに教えてよ。」

真田知里がうなずいた。

コンサートがはじまるまで、まだ時間があったから、ぼくたちは、動物《どうぶつ》を見たり、公園の中にある有名《ゆうめい》な彫刻家《ちょうこくか》の作品館《さくひんかん》に入ったりした。そのあいだ、ぼくとふたりだけになったとき、涼がいった。

「悪《わる》いけど、おれはあてにしないでくれよ。おれに見えるのは霊《れい》で、妖怪《ようかい》じゃないからな。」

涼だけ、みんなに自分の力を告白《こくはく》していない。

やがて、遠くからバイオリンの音がきこえてきた。空も暗《くら》くなってきた。

メインの会場は、西園を入ってすぐの、テラス席《せき》がならんでいるあたりだ。ぼくたちはそれを見にいった。

四人の女の人が何種類《なんしゅるい》かの弦楽器《げんがっき》をひいていた。

うしろのほうで、五分くらいきいてから、涼がいった。

「じゃ、ほかにいこうか。」

だれも、もっときいていこう、とはいわなかった。

ぼくたちは音楽をききにきたのではない。

べつのところでも、何《なん》か所《しょ》かで、三人とか四人のグループが楽器《がっき》を演奏《えんそう》していた。

そういうところにはどこも、見物人《けんぶつにん》がけっこういた。

「人がいっぱいいるところじゃ、出てこないんじゃないか。」

涼はそういい、ぼくもそうだと思った。

ぼくたちは、なるべく人のいない場所《ばしょ》をめぐり歩いた。

空は暗《くら》くなっていき、やがて八時近くになった。

「せっかくこらしめてやろうと思って帰ってきたのに、そうかんたんには出てこないか。」

彫刻家《ちょうこくか》の作品館《さくひんかん》のそばの戦国武将《せんごくぶしょう》の大きな像《ぞう》の近くにきて、鞍森杏がそういったときだった。

真田知里が立ちどまって、小さな声でいった。

「待《ま》って。きてる……。」

知里は作品館の左の林を見ている。

ぼくと涼と鞍森杏は立ちどまって、真田知里が見ているほうに目をやった。

等身大《とうしんだい》の男の子の像が立っている。

作品館のそばの電灯《でんとう》が木の影《かげ》を作っている。

林は真《ま》っ暗《くら》ではない。でも、木と男の子の像以外《いがい》、何も見えない。

「なんか見えるか?」

ぼくはとなりに立っている涼にささやいた。

涼がかすかに首をふった。

鞍森杏がいった。

「知里。どこ?」

「林の中の、男の子の像《ぞう》の前。」

真田知里はそう答えたが、ぼくには像とまわりの木しか見えなかった。

涼が小さな声できいた。

「どんなやつ?」

「動物《どうぶつ》。犬くらいの……。」

動物……? 犬くらいの……?

ぼくは、男の子の像の前のくさむらをじっと見つめた。

やっぱり、イタチなのだろうか。

いた! くさむらの中から、ふたつの目がこっちを見ている。でも、見えるのは目だけで、顔と体は見えない。

突然《とつぜん》、その目がふわりと浮《う》いた。人の背丈《せたけ》くらいの高さまで浮いた。

動物《どうぶつ》が立ちあがったのか。

イタチなら、二本足で立っても、そんな高さにはならない。

唐突《とうとつ》にふたつの目が消《き》えた。そして、目があったところより少し下に、人間の肩《かた》のようなものがあらわれた。白っぽい着物《きもの》を着《き》ている。肩の次《つぎ》は腰《こし》、その次は腰より下の下半身《かはんしん》が見えてきた。着物はふりそでだ。

駅《えき》のショッピングモールに呉服店《ごふくてん》があり、入り口に、首のないボディーがふりそでを着せられて、おいてある。着ている着物の色はちがっていたが、くさむらにあらわれたのは、着物を着たボディーだ。だが、ボディーなら動《うご》かない。

それは動いた。

一歩、二歩とくさむらから出てくる。

それは呉服店のボディーなんかじゃない。首なし女だ。ふりそでを着た首なし女だ。

首なし女なんて、言葉《ことば》できくだけなら、とくにこわくはない。でも、じっさいに見るのと、言葉《ことば》できいたものを頭で想像《そうぞう》するのでは大ちがいなのだ。

頭のない女、顔のない女、首なし女がふりそでを着《き》て、こちらに歩いてくる。

ぼくは声も出なかった。

「杏。なんとかしろ。こっちにくるぞ。」

涼がそういった。

涼にも見えるのだ。

あれを見て、声が出るだけ、涼はぼくより勇気《ゆうき》がある。

一歩、また一歩と、首なし女が近づいてくる。

首なし女がいきなり右手をあげた。

ぼくの頭の上で、ガサリと音がし、次《つぎ》の瞬間《しゅんかん》、足もとに木の枝《えだ》が落《お》ちてきた。

直径《ちょっけい》が五センチくらいの、それほど太い枝ではなかったが、するどい刃物《はもの》で切ったような切り口が見えた。

「杏。どうしたんだ。なんで、何もしないんだ。」

涼がそういったとき、だれかが押《お》したように、首なし女がよろめいた。でも、よろけただけで、たおれはしなかった。

鞍森杏がふるえ声でいった。

「だめ。今のが限界《げんかい》。わたし、こわい。」

「こわいって、おまえ、そんな……。」

涼がそういって、しゃがみ、さっき落《お》ちてきた枝《えだ》をひろった。その枝をにぎって、涼が首なし女にむかっていこうとしたとき、鞍森杏のむこうにいた真田知里が何かさけんだ。

いつもの真田知里の声よりずっと高い声で、何をさけんだのか、ききとれなかった。

ぼくは真田知里に目をやった。

真田知里は、黄色いT《ティー》シャツにジーンズをはいていた……はずだった。さっきまで、T《ティー》シャツにジーンズだった。でも、今はちがう。真田知里が身《み》につけているのは、白いブラウスに赤いつりスカートだ。その白いブラウスが青白く光った。その光が、まるでサーチライトのように、首なし女を照《て》らした。

首なし女が二、三歩しりぞいた。でも、それだけだった。たおれはしなかった。たおれたのは、真田知里のほうだった。でも、そのときにはもう、真田知里の服《ふく》はT《ティー》シャツとジーンズにもどっていた。

「だいじょうぶ?」

鞍森杏が真田知里を抱《だ》きおこそうとした。

真田知里は、鞍森杏の腕《うで》の中でぐったりとしている。

「てめえ、ばかやろう。何しやがった!」

涼が枝《えだ》をふりあげた。だが、その涼も、何かにつきとばされたように、うしろにふっとんだ。

首なし女が体をぼくのほうにむけた。

首をしめるようなかっこうで、首なし女がぼくのほうに、両腕《りょううで》をさしだした。ぼくのほうに歩いてくる。

そういうことなら、しかたがない。戦《たたか》うしかない。

でも、ぼくは人をなぐったり、けったりしたことがない。どうやって戦えばいいのか、わからない。できそうなことといえば、体当たりくらいしかない。

ぼくは、近づいてくる首なし女にむかって、走りだそうとした。

そのときだった。何かがぼくの横《よこ》をとおった。

それは、ぼくの前に出ると、いったん立ちどまった。

それは、ジャーマン・シェパードだった。

ジャーマン・シェパードはふりむいて、ぼくを見た。

ぼくとジャーマン・シェパードの目があった。

その目は、トラウムの目だった。ぼくとの散歩中《さんぽちゅう》、コンビニ強盗《ごうとう》をつかまえて、息《いき》を引きとった、あのトラウムの目だった。

ジャーマン・シェパード、いや、トラウムはかすかにうなずくと、前を見た。

「ウワン！」

ひと声ほえて、トラウムが一歩前に出た。そして、威嚇《いかく》するように、

「グググ……。」

とうなり声をあげて、もう一歩進《すす》んだ。

首なし女が一歩しりぞいた。

さらに一歩、トラウムが前に出たとき、首なし女がいきなり姿《すがた》を消《け》した。

十秒《びょう》だったかもしれないし、一分だったかもしれない。首なし女がいたあたりを、しばらくトラウムは見つめていた。

それから、トラウムの姿がだんだんうすらいでいき、やがて消《き》えた。

16 写真《しゃしん》

もうすぐ夏だ。

去年《きょねん》の夏休みは、週に二回、ボランティアでトラウムと散歩《さんぽ》をした。よく、犬に散歩をさせるというけれど、それはちがうと思う。犬と散歩をする、が正しい。

今年の夏は、毎日、進学教室《しんがくきょうしつ》ということになる。涼《りょう》もそうだ。鞍森杏《くらもりあん》は、弘前《ひろさき》にいくといっている。

こどもの日のあと、鞍森杏はぼくと涼と真田知里《さなだちさと》に、リンゴのパイのおみやげをくれた。そのとき、落《お》ちこんだようすで、

「わたし、自分の力をコントロールしようとか、思いあがっていたのよ。あんなおば

けをこわがっていたら、コントロールどころじゃない。わたし、ほんとうにこわくなっちゃって。翔《しょう》ちゃんと仲《なか》よしの犬の霊《れい》が首なし女を追《お》いはらってくれなければ、みんな、どうなっていたかわからないよね。こらしめてやるなんていって、こっちがこらしめられた。」

といっていた。

犬が追いはらってくれなければ、といっても、鞍森杏には、トラウムの姿《すがた》は見えず、首なし女があとずさりをはじめて、それから消《き》えたことしか見えなかったという。犬の霊が追いはらったというのは、ぼくからきいて、そういうことだったのかとわかったのだ。

鞍森杏の落《お》ちこみは、五月の終《お》わりの週末《しゅうまつ》に、弘前にいくまでだった。弘前から帰ってくると、月曜の朝、鞍森杏はうちのマンションの前でぼくを待《ま》っていた。そして、文字どおり元気溌剌《げんきはつらつ》、こういったのだ。

「こどもの日のこと、おばあちゃんに話したんだ。こわくなっちゃって、力が出せなかったって。そしたら、おばあちゃん、大進歩《だいしんぽ》だって。あいてのことをこわいと思わないと、一人前の祈禱師《きとうし》になれないんだって。」

そういえば、だれだったか引退《いんたい》したボクシングの世界《せかい》チャンピオンが、試合《しあい》でこわいと思ったことはないかときかれ、

「試合がはじまってしまえば、こわいとか、そういうことは思っていられないんですけれどね。試合の前は、毎回、こわくてこわくてしょうがなかったですよ。」

と答えているのを、母さんといっしょにテレビで見たことがある。

涼は、トラウムがあらわれたことについて、ぼくとふたりだけのとき、

「トラウムの霊《れい》が、今でもそのへんをさまよっているとは思えない。もしそうなら、何度《なんど》もおれは見ているはずだ。だけど、一度、むこうにいっちゃったら、ふつうは帰ってこないはずなんだよ。でも、あそこにあらわれたっていうことは、おまえの危機《きき》に気づいて、助《たす》けにきたってことだよな。ってことは、むこうにいっても、必要《ひつよう》なら、帰ってこられるってことか。」

といった。

「だって、ほら、お盆《ぼん》なんか、先祖《せんぞ》の霊が帰ってくるっていうじゃないか。」

ぼくがそういうと、涼は、

「おまえんちのカレンダーだと、五月五日がお盆《ぼん》なのか。くそ、あのじじい。お盆だって、出てきやしない。おれのことが心配《しんぱい》じゃないのかよ。」

あのじじいというのは、涼が大好《だいす》きだったおじいさんのことだ。涼が二年生のときに亡《な》くなり、お通夜《つや》の夜、お寺の庭《にわ》にあらわれて、涼に、

『世界《せかい》は見えたままじゃない。』

といったという。

涼に霊《れい》が見えるようになったのは、それからで、でも、おじいさんの霊はそれきりあらわれてないらしい。

そうそう。涼は、首なし女のことをこういっていた。

「あれ、いちおう人間のかっこうをしているけど、人間の霊じゃないな。もし、人間の霊だったら、おまえはともかく、杏や知里には見えないはずだ。霊は物質《ぶっしつ》じゃないから、だれにでも見えるってもんじゃない。みんなに見えたってことは、物質、つまり生きている何かだということだ。」

「だけどさ。時間差《じかんさ》でカップルの声をきいたとき、足音もきこえたけど、それって、ヒールのある靴《くつ》の音だったと思う。ふりそでを着《き》たやつが、ヒールのある靴をはくかな。」

ぼくが反論《はんろん》めいたことをいうと、涼はちらりと横目《よこめ》でぼくを見てから、いった。

「おまえんちって、かわってるよな。五月五日がお盆《ぼん》だったり、冷蔵庫《れいぞうこ》の製氷室《せいひょうしつ》に入れても、水は凍《こお》らないんだろ。」

「それ、どういう意味《いみ》だよ。」

「どういう意味って、ちょっと考えればわかるだろ。水は零度《れいど》で凍る。液体《えきたい》から固体《こたい》に変化《へんか》するんだ。物質《ぶっしつ》は条件《じょうけん》しだいで、形をかえるってことだ。水は百度で沸騰《ふっとう》し、気体になって、見えなくなる。」

「首なし女も、形をかえるってことか？　姿《すがた》を消《け》すこともできるってこと？」

「そうだ。だから、頭のないマネキン人形にだってなれるってことさ。あれ、知里がいうように、かまいたちが正体だな。」

首なし女の正体はかまいたちだ、というのは真田知里の説《せつ》だ。

あの夜、真田知里はイタチのような動物《どうぶつ》がそばにいることがわかったといっている。イタチの妖怪《ようかい》といえば、かまいたちだ。

その真田知里だけど、首なし女にむかって、自分が何かさけんだところまではおぼえているけれど、その先はまるで記憶《きおく》になく、気がついたら、鞍森杏に抱《だ》かれていたという。

「トラウムっていう、仲《なか》がよかったジャーマン・シェパードの霊《れい》が出てきて、首なし女を追《お》いはらったんだ。」

真田知里とふたりだけのとき、ぼくがそういうと、真田知里は不思議《ふしぎ》がりもせず、

「イタチは犬がきらいだからね。キツネやタヌキもだけど。いつ犬がくるかわからないと思えば、翔くんに近づかないよ。つまり、こらしめたってこと。」

といった。

真田知里が高い声でなんといったのか、ぼくにはよくわからなかった。一瞬《いっしゅん》、真田知里の着《き》ているものがかわったことに気づいたのは、ぼくだけだったようだ。

一度《いちど》、家の用事《ようじ》で真田知里が学校を早引きして帰ったことがある。それで、ぼくと

涼と鞍森杏の三人で学校から帰った。その道すがら、あのときの話になって、ぼくが、

「ほら。あのとき、知里が高い声でなんかさけんだだろ。あれ、なんていったんだ。」

というと、涼は、

「おれにも、よくわからなかった。最初《さいしょ》の『この』と、最後《さいご》の『よーっ』はききとれたんだけど。」

といった。

「『この』と『よーっ』って、この世《よ》ってこと?」

「ちがうだろ。『この』と『よーっ』のあいだに、言葉《ことば》が入るんだし。知里は、何かさけんだことしかおぼえてなくて、なんていったのか記憶《きおく》にないんだから、たしかめようがない。」

涼がそういうと、それまでだまっていた鞍森杏がいった。

「わたし、わかったよ。ちゃんときこえた。知里は、『このあたりはわたしの縄張《なわば》りよ。出ていってよーっ。』っていったんだよ。」

涼は、

「あいつ。なんでそんなこといったんだろ。」

と首をかしげた。

ぼくは、わかったような気がした。でも、たぶん、それは真田知里自身《じしん》にもわかってないことだろう。

たしかに、世界《せかい》は見えたままじゃない、というか、見えるままじゃない。

ぼくは、トラウムのことを考えると悲《かな》しくなるから、なるべく思い出さないようにしてきた。

でも、それはなんだかちがうと思う。トラウムはずっとぼくのことをおぼえていてくれた。見えない世界にいってしまっても、おぼえていてくれたのだ。

ぼくも、トラウムをちゃんとおぼえていなければならないし、おぼえていたい。見えるってこともとてもだいじだ。いなくなってしまっても、いつでも見えるようにできるものがある。

トラウムの飼《か》い主《ぬし》だった高宮《たかみや》さんは亡《な》くなっているけれど、奥《おく》さんは名古屋《なごや》に住《す》んでいて、ぼくは住所《じゅうしょ》を知っている。

このあいだ、ぼくは高宮さんの奥《おく》さんに手紙を書いて、トラウムの写真《しゃしん》を送《おく》ってもらった。

送られてきたのは、葉書《はがき》くらいの大きさの写真で、高宮さんが住《す》んでいた家の庭《にわ》で、トラウムは前足をそろえて、こちらを見ている。

ぼくはそれを額《がく》に入れて、部屋《へや》の机《つくえ》の上にかざっている。

解説《かいせつ》　「見えるもの」と「見えないもの」が巡《めぐ》る四季《しき》の中で

大阪大学大学院人文学研究科　准教授　林千宏《はやしちひろ》

翔《しょう》もいよいよ六年生。この一年、まわりで起《お》こったすべての不思議《ふしぎ》なできごとは、ジャーマン・シェパードのトラウムとの出会いからはじまったのでした。トラウムとはドイツ語で「夢《ゆめ》」。夢の中で見る世界《せかい》は、目覚めているときの世界と区別《くべつ》がつかないように、トラウムと出会ってから起きた数々《かずかず》のできごとは、世界が翔の目に映《うつ》る通りではないことを教えてくれました。

ときおり翔の耳に「遅《おく》れて」届《とど》くようになった音は、遅れているからこそ世界の思いもかけぬ側面《そくめん》をあらわにしてくれます。そしてその音は、しばしばだれかの怒《いか》りや得体《えたい》のしれぬ悪意《あくい》を感《かん》じさせ、翔の心を波立《なみだ》たせるのです。

そんな翔の耳に今回「遅れて」届いたのは同級生《どうきゅうせい》の会話です。真田知里《さなだちさと》が「トイレの花子さん」のふりをして、その同級生の一方をおどかしたというのです。一体なぜ？　物語《ものがたり》が進《すす》むにつれ、翔は知里が目に見えずとも妖怪《ようかい》や人の存在《そんざい》を、その怒りや悪意をはっきりと感《かん》じ取《と》れることを知ります。知里もまた、特別《とくべつ》な能力《のうりょく》の持《も》ち主《ぬし》だったのです。一方で杏《あん》も、怒りを感じるだけでその相手《あいて》に危害《きがい》を加《くわ》えてしまう力をコントロールできないことに悩《なや》んでいます。そんな翔たちのもとにふたたびジャーナリストの木村啓介《きむらけいすけ》があらわれます。近隣《きんりん》で妖怪「首なし女」が目撃《もくげき》されているというのです。

翔、涼《りょう》、杏、知里は、今度《こんど》は自分たちから妖怪と対決《たいけつ》することを選《えら》びます。妖怪は強く、自分たちの能力もあてにはなりません。それでも四人は立ちむかっていきます。そう心をきめたときにはじめて、思いもかけぬ助《たす》けもあらわれるかもしれないのです。

物語の最後《さいご》のページを見てみましょう。翔の部屋《へや》の机《つくえ》の上にはトラウムの写真《しゃしん》と、赤ちゃんの写真があります。この一年の間に死《し》に、生まれたものです。一年前に目に見えたもの、見えなかったものが今はちょうど逆転《ぎゃくてん》しています。でも翔は知っています。どちらも翔とともに「在《あ》る」のだと。ふたたび夏をむかえようとしているこの世界は、一年前とはまったく異《こと》なった姿《すがた》で翔の前に広がっているのです。

斉藤　洋（さいとう　ひろし）
東京都生まれ。『ルドルフとイッパイアッテナ』で講談社児童文学新人賞、『ルドルフともだちひとりだち』で野間児童文芸新人賞、『ルドルフとスノーホワイト』で野間児童文芸賞を受賞。1991年、路傍の石幼少年文学賞を受賞。本作品は、『かげろうのむこうで　翔の四季　夏』『黒と白のあいだで　翔の四季　秋』『こえてくる者たち　翔の四季　冬』に続く、「翔の四季」シリーズの4巻目となる。

いとうあつき
1990年生まれ。文教大学教育学部卒業後、保育士としての勤務を経て、2016年よりフリーランスのイラストレーターとして活動。イラストを手掛けた作品に『26文字のラブレター』『春は馬車に乗って』などがある。

見《み》えるもの　見《み》えないもの
翔《しょう》の四季《しき》　春《はる》

2024年4月23日　第1刷発行

作＝斉藤《さいとう》 洋《ひろし》
絵＝いとうあつき
装丁＝河村杏奈（大塚いちお事務所）

発行者＝森田浩章
発行所＝株式会社講談社
〒112-8001
東京都文京区音羽2-12-21
電話　編集　03-5395-3535
　　　販売　03-5395-3625
　　　業務　03-5395-3615

KODANSHA

印刷所＝株式会社精興社
製本所＝株式会社若林製本工場
本文データ制作＝講談社デジタル製作

N.D.C. 913　185p　20cm　ISBN978-4-06-535203-8

本書は、書きおろしです。

本文用紙の原料は、伐採地域の法律や規則を守り、森林保護や育成など環境面に配慮して調達された木材を使用しています。【本文用紙：中越パルプ工業　ソリスト（N）】

ルドルフとスノーホワイト
ルドルフとイッパイアッテナⅣ

ルドルフともだちひとりだち
続:ルドルフとイッパイアッテナ

ルドルフとノラねこブッチー
ルドルフとイッパイアッテナⅤ

ルドルフといくねこくるねこ
ルドルフとイッパイアッテナⅢ

キュリオと
かめの大王

キュリオと
オウムの王子

斉藤洋の本

絵・森田みちよ

同窓会をきっかけに子ども時代の不思議な記憶がよみがえった６人の物語。

６＋１の不思議

講談社